講談社文庫

帰ってきた平成好色一代男
一の巻

睦月影郎

講談社

目次

帰ってきた平成好色一代男　一の巻

美髪の人妻

孤独のアクメ

（どうしてこうなっちゃったんだろう……）

史郎《しろう》は、会社の帰り道に悶々《もんもん》としながら、駅裏の繁華街を歩いていた。歩いて摩擦されるだけで、股間《こかん》が熱く疼《うず》いてきてしまう。そう、彼は急に甦《よみがえ》った性欲を持て余しているのだった。

中田《なかだ》史郎は五十二歳。大手電機メーカーの下請けとして、ある中小企業で検査部長をしている。

二人の息子は成人し、それぞれ大学を出て独立していた。だから今は五歳年下の女房と二人暮らしだが、夫婦の交渉など五年以上なかったたし、もうすることもないだろうと思う。

それなのに、ここ最近とみに性欲が湧き上がり、まるで燃え尽きる直前の、最後の輝きではないかと思えた。

しかし風俗へ行く金は無いし、女房とする気はない。真面目一筋だった彼は、素人の彼女を見つけるような甲斐性《かいしよう》もなかった。

そうしたら今朝《けさ》、なんと夢精してしまったのである。夢精など学生時代以来だから、三十年以上ぶりだろう。

若ければオナニーで解消するのだが、この年になると、やり方を忘れてしまったと思うほどすっかりしなくなっていた。とにかく史郎は、まだ自分には熱い性欲が残っているのだということだけは自覚したのだった。

まあ、いくら考えても仕方がない。

結局は、自分で孤独に解消するしか道はないのだった。

今夜は、女房が友人たちと旅行に行ってしまったので、遅くなっても大丈夫なのだ。

だから、何か人恋しくて繁華街に来てしまったが、一人で飲むのも小遣いが勿体《もったい》ないので、史郎は気を取り直して素直に帰ることにした。

と、繁華街の外れに、一軒の店の看板を見つけた。そこには『よろず占い　鬼道《きどう》館《かん》』と書かれている。見料《けんりょう》が、五分五百円というので、それぐらいならと思い、つい史郎は何かに惹《ひ》かれるように占い館に入っていった。

ドアを開けて入ると、待合の椅子があり、奥は黒いカーテンで仕切られている。

「どうぞ」

奥から女性の声がしたので、今は客は誰もいないようだ。

恐る恐る入ると、テーブルの向こうに黒いベールの女性が座っていた。顔も布で覆われているので、見えるのはきりりとした眉《まゆ》と、切れ長の鋭い眼差しだけだ。

テーブルには大きな水晶玉が置かれ、後ろの壁には、雑誌紹介の記事などが貼られ、彼女が由良子《ゆらこ》という名だと分かった。

年齢は不詳だが、声の感じからして三十から四十歳の間ではないかと思われた。

「どのような占いをお望みですか」

由良子が、じっと正面から史郎を見つめて物静かに言った。

「え、ええ……、では、恥ずかしいのですが女性運というのを見て頂けますか」

史郎は、せっかく入ったのだからと見栄を張らず、正直に言った。

「承知しました」

由良子は答え、鋭い眼差しを水晶玉に落として両手のひらをかざした。

「たいそう運気が上がっております。あるいは、向こう一年は、人生で最大の女性運ではないかと」

「え……」

由良子の重々しい言葉に思わず聞き返したが、すぐに史郎は肩の力を抜いた。

どうせ五分五百円なのだから、相手の喜ぶことを言っているだけだ。まして、まだ彼の年齢も姓名も星座も血液型も、何も訊《き》かれていないのである。

(そうだ、家へ帰ったら、この由良子という占い師を妄想して、久々にオナニーしてしまおう)

史郎はそう思い、下を向いている彼女の長い睫毛《まつげ》や、案外豊かそうな胸の膨《ふく》らみを観察した。すると、由良子がキラリと目を上げたので、思わず史郎はたじろいだ。

「ここから南東の方角、紅色の看板の小さなスナック」

「はあ……」

「そこへ行くと騒ぎが起きるが、戸惑うなかれ。冷静に事態の収拾に努め、櫛《くし》で梳《す》くように、そして窪《くぼ》みを慰撫《いぶ》するならば、至福《しふく》の時が訪れましょう」

そのようなことを言われて、史郎は金を払い、占い館を出たのだった。

痴話喧嘩に遭遇

（まさか、占い館とスナックがグルってことはないよな……）

カウンターに座り、ビールを注文した史郎は思った。

少し歩くと、本当に紅色の看板の小さなスナックがあったので、彼はつい入ってしまったのだ。

まあ、グルになっているような感じの店ではなく、カウンターの中に初老のマスターが一人。カウンター席に客が五、六人もつけばいっぱいの店だった。

他に客はカップルと単独の男客が二人。つまり史郎が入って、ほぼ満席となった。

（何だ、何も起きないな……）

史郎は思い、静かなジャズを聴きながら、このビール一本で帰ろうと思った。

すると、史郎の隣にいたカップルがいきなり言い合いをはじめたではないか。

「そんなことだからリストラに遭《あ》うんじゃないの。もっとしっかりして！」

「何だと！」

女性が半べそをかいて声を上げると、男も気色《けしき》ばんで言い返した。

三十前後の夫婦らしい。横から見ると、女性は黒髪が長く、モデルでも勤まりそうな、鼻筋の通った美形ではないか。それが、ダメ夫に苦労しているらしいが、やつれた様子はなく肌の色つやも良かった。

傍《かたわ》らのボトルには、『武夫《たけお》・真由美《まゆみ》』と書かれている。

「お客さん、他の方もいますので」

マスターが小声でたしなめたが、狭い店なので筒抜けだ。

「ああ、いいよ、帰るから」

男客二人が言って帰ってしまうと、カウンターには夫婦と史郎だけになってしまった。

(騒ぎが起きても戸惑うなかれ、か……)

史郎は由良子の言葉を思い出し、静かにビールを飲み続けた。

「どうするのよ、これから」

「もういい!」

真由美に言われ、男は怒鳴って席を立つと、そのまま店を飛び出して行ってしまった。

結局、残った客は史郎と真由美だけになった。

マスターは黙々と客たちのグラスを下げ、テーブルを拭《ふ》いて洗い物をした。

真由美はしばし呆然《ぼうぜん》としていたが、史郎の隣で顔を伏せ、嗚咽《おえつ》に肩を震わせはじめた。

「大丈夫ですか。酔っていないときに冷静に話し合う方がいいですね。差し出がましいけれど」

史郎は小さく言ってビールを飲み干し、それで帰ろうと思った。

しかし真由美は無視せず、顔を上げて髪の間から彼を見つめてきた。

「済みません。お騒がせして……。あの人、最低なんです。仕事も探さず、意見すると私の頭を叩くし」

真由美は涙を拭《ぬぐ》いながら言い、史郎はまた由良子の言葉を思い出した。

(櫛で梳くように……)

史郎は、大丈夫かと思いながら、恐る恐る手を伸ばし、思わず彼女のやや乱れた髪を撫《な》でようとして、唐突だとためらった。

しかし、何と彼女の方から頭を寄せてきたではないか。史郎は驚き、胸を高鳴らせながらそっと触れた。

柔らかな感触が伝わり、彼は指で櫛のように撫でて乱れを整えてやった。

真由美も、されるままじっとしているので、さらに彼は勇気を奮い、後頭部にある窪みを指先で探った。

確か盆の窪には、天柱《てんちゅう》とか風池《ふうち》とかいうツボがあったはずだ。するとみるみる真由美の肩から力が抜けてゆき、次第にリラックスするように呼吸も整ってきたではないか。

何と効果覿面《てきめん》、ツボの刺激に史郎自身が驚くほどだった。気持ちが不安定な時ほど、こうした刺激が効くのかも知れない。

マスターは洗い物に余念がなく、こちらのことは全く気にしていないようだ。

そして撫でているうちに真由美の方から、甘い匂《にお》いが生ぬるく漂い、史郎の鼻腔《びこう》を悩ましくくすぐってきた。

リンスの香りか、あるいは真由美本来の体臭か、それは激しく彼を興奮させるフェロモンだった。

美人妻の匂い

「何て優しい触れ方……」

真由美がうっとりと言い、さらに愛撫《あいぶ》をせがむように、史郎の方に身を寄せてきたではないか。彼も、久々に美女の髪に触れ、激しく勃起《ぼっき》してしまった。

女房以外の女性に触れるなど、何十年ぶりになるのか、もう覚えてもいない。

そして、なおも史郎は真由美の髪を梳くように撫でながら、指先で微妙に窪みを圧迫し、たまに耳やうなじにも、さり気なくタッチしてしまった。

真由美はじっとし、たまにピクッと微《かす》かな反応をして、さらに甘い匂いを濃く漂わせた。

ツボの刺激が効いているのか、それとも夫婦喧嘩の直後で、不安定になった心の隙《すき》間《ま》へ史郎がタイミング良く入り込んだのか、とにかく実に良い雰囲気になった。

（いや、やはり占いの通りなんだ……）

史郎は思い、さらに由良子の言った至福の時とはどんなものか、胸を高鳴らせて期待してしまった。

そして急に喉《のど》が渇いたので、彼はグラスに残ったビールを飲み干した。

「あなた、まだビール？」

真由美が訊いてきた。

「いや、もうこれで帰ろうと思っていたから」

「そう、じゃマスター、一緒にお会計して」

真由美が言い、史郎の分まで支払ってしまった。

「い、いいよ、そんな」

「ううん、優しく慰めてくれたので、ささやかなお礼」

真由美は言い、席を立ったので史郎も一緒に店を出た。

真由美の足取りは、それほど酔った様子ではなく、むしろ喧嘩で言いたいことを口にして、さっぱりした様子さえあった。

そして駅へ向かおうと路地に入ると、いきなり真由美が史郎の胸に縋《すが》り付いてきたのである。

「うわ……」

「ねえ、もっと私を慰めて……」

真由美が、顔を埋めたまま必死にしがみついて言った。

「だ、旦那さんが家で待っているのでは？」

史郎は、鼻の下にある黒髪の甘い匂いに酔いしれながら答えた。

幸い、路地は暗くて誰にも見られることはない。

「どうせ朝まで飲み歩いているわ。どうか、もう少しだけ一緒に……」

真由美が言い、そろそろと顔を起こして彼を見上げてきた。

涙ぐんだ眼差しが何とも熱っぽく、形良い唇《くちびる》が半開きになって、白く滑《なめ》らかな歯並びが覗《のぞ》いている。

間から洩《も》れる息は熱く湿り気があり、胸の奥が溶けてしまいそうに甘酸っぱい芳香《ほうこう》が含まれていた。

史郎はビール一本のほろ酔いもあり、とうとう顔を近づけ、吸い寄せられるように唇を重ねてしまった。

「ンン……」

真由美も長い睫毛を伏せ、熱く鼻を鳴らしながら、さらに強く押しつけてきた。

柔らかな感触と、ほんのりした唾液《だえき》の湿り気が伝わり、史郎は興奮に朦朧《もうろう》としながら、そろそろと舌を差し入れていった。

舌先で滑らかな歯並びを舐《な》めると、真由美もすぐに歯を開いて舌をからめ、チロチロと蠢《うごめ》かせてきた。

甘酸っぱい果実臭の息と、生温かくトロリとした唾液に酔いしれ、史郎は今にも暴発しそうなほど股間を突っ張らせ、長いディープキスをした。

ようやく力が抜け、唇が離れると、互いの口を唾液の糸が細く結んだ。

「ね、あそこへ……」

「う、うん……」

真由美が言い、駅裏にあるラブホテル街の方を指した。史郎も、もう後戻りできない興奮に頷《うなず》き、二人でそちらへと歩きはじめていった。まるで雲の上を歩くように興奮が高まり、そんな中でも史郎は、ホテル代が大丈夫かどうか財布の中身を思い出していた。

やがて一軒のラブホテルに一緒に入り、史郎はぎこちなく部屋を選んでキイをもらい、二人で密室に入っていった。

淫《みだ》らな反応

(ラブホテルなんて、何年ぶりだろう……)

史郎は淫靡《いんび》な密室を見回しながら、あるいは女房と独身時代に入って以来ではないかと思った。

とにかく彼も真由美も燃え上がり、シャワーなど浴びる余裕すらなく、もどかしげに服を脱ぎはじめた。

互いに全裸になると、史郎は彼女をベッドに仰向けにさせ、形良い胸の膨らみに顔を埋め込んでいった。

「アアッ……！」

チュッと乳首に吸い付くと、真由美はすぐに熱く喘《あえ》ぎ、下から両手でしがみつきながら激しく悶《もだ》えはじめた。

史郎は左右の色づいた乳首に交互に吸い付き、充分に舌で転がした。

膨らみは実に柔らかさと張りを持ち、心地よい弾力が秘められていた。

そして汗ばんだ谷間や腋《わき》からは、甘ったるいミルクに似た汗の匂いが馥郁《ふくいく》と漂い、悩ましく鼻腔を刺激してきた。

史郎は、ふと占い師の言ったことの続きを思い出した。

（……慰撫するならば、至福の時が訪れましょう。絡めながら揉めば至福止《や》むことなし）

史郎は乳首を舐め回しながら手を伸ばし、彼女の美しくしなやかな黒髪に触れた。

そして長い髪に指を絡めながら、ツボを刺激するように頭のあちこちに手を乗せたり揉《も》んだりしはじめた。

「あぁッ……、いい気持ち……！」

真由美がさらに反応し、声を上ずらせて身悶えた。

案外、頭というのは官能的な刺激をもたらし、快感が直《じか》に脳へと響くのかも知れないと思った。

史郎は充分に両の乳首を愛撫してから、さらに腋の下にも顔を埋め込み、汗ばんで濃厚なフェロモンを吸収した。

ナマの体臭が、直《じか》にペニスに伝わって心地よく幹が震えた。

さらに彼は滑らかな肌を舌でたどり、愛らしい臍《へそ》を舐め、張りのある下腹部に移動していった。

脚を開かせ、その間に腹這《はらば》い、ムッチリとした内腿《うちもも》を舐め上げながら中心部に迫ると、熱気と湿り気が顔中を包み込んできた。

ふっくらした丘に茂る恥毛《ちもう》は楚々《そそ》として薄く、割れ目からはみ出す花びらは興奮に色づいて、間からは大量の愛液がトロトロと溢《あふ》れていた。

陰唇《いんしん》に指を当ててそっと開くと、花弁状に襞《ひだ》の入り組む膣口《ちつこう》と、真珠色の光沢を放つクリトリスが覗いた。

こんなにドキドキして女体の神秘を見るなど、何十年ぶりだろう。

堪《たま》らずに顔を埋め込み、柔らかな茂みに鼻を擦《こす》りつけると、甘ったるい汗の匂いが悩ましく鼻腔を満たしてきた。

舌を這わせるとトロリとした蜜《みつ》が淡い酸味を伝え、彼は息づく膣口からツンと突き立ったクリトリスまでゆっくり味わいながら舐め上げていった。

「アァッ……！」

真由美がビクッと顔を仰《の》け反《ぞ》らせて喘ぎ、内腿でキュッときつく彼の両頬《りょうほほ》を締め付けてきた。

史郎は美女の匂いで胸を満たしながら、執拗《しつよう》に舌先をクリトリスに集中させては、新たに溢れてくるヌメリをすすった。

「だ、駄目……、感じすぎるわ。すぐいきそう、今度は私が……」

真由美は身をよじって言い、彼の股間へと顔を寄せてきた。

早々と昇り詰めてしまうのが勿体ないのだろう。史郎が素直に股間を差し出すと、真由美は熱い息を弾《はず》ませ、先端にしゃぶり付いてきた。

「う……」

史郎は快感に呻《うめ》き、暴発を堪《こら》えながら身を強《こわ》ばらせた。

真由美は激しく舌を這わせ、尿道口から滲《にじ》む粘液を舐め取り、張りつめた亀頭《きとう》を含み、そのままスッポリと喉の奥まで呑《の》み込んでいった。

内部ではクチュクチュと舌が蠢き、たちまちペニスは美女の生温かな唾液にまみれてヒクヒクと震えた。

後ろから前から

「ンンッ……！」

深々とペニスを頬張っている真由美の髪を撫でると、また彼女は感じたように息を詰めて熱く呻き、反射的にチュッと強く吸い付いてきた。

史郎はまたしても髪を指に絡め、しなやかな感触を得ながら指の腹で、頭部のあちこちを刺激するように圧迫した。

すると彼女も相当に快感を高めたように、彼が暴発してしまう前にスポンと口を引き離した。

占い師、由良子の読みが当たりすぎているのか、それとも偶然、真由美が髪や頭が感じるタイプなのかは分からない。

とにかく彼女は、夫との確執もすっかり忘れ去ったように息を弾ませ、熱っぽい眼差しで史郎を見上げてきた。

「入れて……」

「じゃ、まずこうして……」

彼女にせがまれ、史郎も興奮を抑えながら身を起こしていった。

まずは、女房にしないような体位から試したくて、真由美をうつ伏せにさせ、尻を高く突き出させた。

「アア……」

無防備な四つん這いになると、真由美は期待と興奮に声を上げ、彼の方に突き出した白く丸い尻を艶《なま》めかしく震わせた。

史郎は膝《ひざ》を突いて股間を進め、バックから彼女の割れ目に先端を押しつけ、位置を定めていった。

久々の感触を味わうようにゆっくり押し込むと、唾液に濡れた亀頭が、愛液にまみれた膣口にヌルヌルッと滑らかに呑み込まれていった。

「あう……！」

根元まで貫くと、真由美が長い黒髪を乱し、白い背中を反らせて喘いだ。

生温かく、何とも心地よい肉襞の摩擦が幹を包み込み、彼は久しぶりに挿入した感激を嚙《か》み締めながら感触と温もりを味わった。

股間を押しつけると、尻の丸みが下腹部に当たって弾んだ。

史郎はしばし味わい、案外豊満な尻を抱えて徐々に股間を前後に突き動かしていった。そこで彼はまた占い師の言葉を思い出し、亀頭で膣壁をゆっくり絡め取って揉むように蠢かした。

「い、いい……、もっと強く……!」

真由美が顔を伏せたまま、熱い喘ぎをくぐもらせてせがんだ。

そして彼女も尻を前後させ、激しく動かしはじめた。大量に溢れる熱い愛液が、揺れてぶつかる陰嚢《いんのう》まで濡らし、彼女の内腿を淫らに伝い流れた。

律動のたび、クチュクチュと淫らに湿った摩擦音が響き、次第に史郎も動きを速めていった。

もちろん早々と済ませてしまうのは、あまりに惜しい。

彼は緩急をつけて絶頂をセーブしながら覆いかぶさり、両脇から回した手で、たわわに実って揺れる乳房をわし摑《づか》みにした。

さらに乱れた髪にも指を絡め、再びうなじから後頭部、耳の後ろから頭頂部にまで愛撫を加えていった。

「アアッ……、気持ちいいわ、いきそう!」

真由美がキュッキュッときつく締め付けながら喘ぎ、尻を突き出していられなくなったように横になってしまった。

史郎は抜けないようグッと股間を押しつけたまま、彼女の下の脚に跨《また》がり、上の脚に両手でしがみついて、なおも腰を突き動かしていった。すると互いの股間が交差して、局部のみならず内腿の感触も密着し、妖《あや》しい快感が得られた。

「ああ……、こんなの初めて……」

真由美が息も絶えだえになって喘ぎ、クネクネと腰をよじらせた。

史郎も腰を遣《つか》いながら手を伸ばし、彼女の乳首や髪を愛撫した。

そして、さらに体位を変え、挿入したまま彼女を仰向けにさせていった。

やがて完全に彼女の股間に陣取り、史郎は正常位で身を重ね、本格的にピストン運動を開始した。

「アアッ……、奥まで響くわ……！」

真由美も下から両手でしがみつき、声を上げながらズンズンと激しく股間を突き上げてきた。

史郎は髪と頭を愛撫しながら屈み込み、両の乳首を吸って舌で転がし、さらに白い首筋を舐め上げ、唇を求めていった。

目眩《めくるめ》く絶頂に

「ンンッ……！」

ピッタリと唇を重ねると、真由美が熱く鼻を鳴らして吸い付いてきた。

史郎は舌を差し入れ、唇の内側や滑らかな歯並びを舐め、やがてネットリと舌を絡みつけていった。

真由美も貪《むさぼ》るように吸いながら、滑らかに舌を蠢かせてきた。

ほんのりアルコールの香気の混じった、甘酸っぱい息の匂いが悩ましく鼻腔を掻《か》き回した。史郎は美女の生温かな唾液に酔いしれながら、次第に股間をぶつけるように律動していった。

「ああッ……、い、いきそう……」

真由美が顔を仰け反らせ、淫らに唾液の糸を引きながら喘いだ。史郎も彼女の肩に腕を回してシッカリ抱きすくめ、もう片方の手で髪を撫で頭部を愛撫した。

胸の下では柔らかな乳房が押し潰れて心地よく弾み、恥毛が擦れ合い、コリコリと恥骨《ちこつ》の膨らみまで伝わってきた。

領 収 書

虎ノ門書房

毎度ありがとうございます
ＴＥＬ　０３－３４５４－２５７１
乱丁・落丁以外での返金・交換は
一切お受けできません

2014年 6月12日 (木) 16時10分
店:117920 POS:0002
担当者No: 000000999

00002	文庫	外
	9784062778541	¥590

小計	￥５９０
(外税対象額	¥590)
外税額	¥47
お買上点数	１点

合計	¥637
ポイント利用	¥7
お預り	¥630
お釣り	¥0

ｻｲﾄ登録ｺｰﾄﾞ	1926644395
今回P翌日迄に加算	2点
今回利用P	-7点
現在ご利用可能 P	154点

1101

愛液は泉のように溢れて動きを滑らかにさせ、史郎も久々に熱烈なセックスを体験して舞い上がっていた。

「い、いっちゃう……、アアーッ……！」

とうとう真由美が昇り詰め、声を上ずらせながらガクンガクンとオルガスムスの痙《けい》攣《れん》を開始した。

膣内の収縮も最高潮になり、その快楽の渦《うず》に巻き込まれるように、続いて史郎も絶頂に達してしまった。

ありったけの熱い大量のザーメンが、ドクンドクンと勢いよくほとばしった。それは、まるでザーメンたちがパニックを起こし、狭い尿道口に一気にひしめき合うような快感だった。

「あうう……、熱いわ……！」

真由美が、奥深い部分に噴出を感じ、駄目押しの快感を得たように口走り、さらにキュッときつく締め付けてきた。

そして髪と頭を刺激するたび、真由美はビクリと反応し、何度も絶頂の波が押し寄せるようにガクガクと腰を跳ね上げた。

史郎も心ゆくまで快感を貪り、最後の一滴まで出し尽くすと、すっかり満足しながら徐々に動きを弱めていった。

「アア……、すごいわ……」

真由美も満足げに声を洩らし、少しずつ肌の強ばりを解きながらグッタリと力を抜いていった。史郎は完全に動きを止め、まだ名残惜しげに収縮する膣内に刺激され、射精直後の亀頭をヒクヒクと過敏に反応させた。

「あう……、もう暴れないで……、感じすぎて変になりそう……」

真由美もすっかり敏感になりながら声を震わせて言い、幹の震えを押さえつけるようにキュッと締め付けてきた。まるで全身が、射精直後の亀頭のように過敏になっているようだった。

史郎は真由美に体重を預けてもたれかかり、熱くかぐわしい吐息を間近に嗅《か》ぎながら、うっとりと快感の余韻に浸り込んでいった。やがて重なったまま呼吸を整えると、史郎はそろそろと股間を引き離して添い寝していった。

「こんなに感じるなんて、自分でも知らなかったわ……」

真由美が、荒い呼吸とともに小さく言い、何度か思い出したようにビクッと肌を波打たせた。

「そう、僕も久しぶりだから、すごく良かったよ……」

史郎も感謝を込めて言った。

「私、欲求不満だったのね。それで、些細《ささい》なことにも腹を立てて、ずいぶん夫にもひどいこと言ったのだわ……」

「うん、これで解消したのだから、優しくしてやるといいよ。でも、旦那のＤＶが止まなければ思いきって別れるんだね。決めるのは自分だよ」

「ええ、分かったわ……」

史郎が言うと、真由美も素直に頷いた。

やがて二人でバスルームへと行ったが、湯に濡れた真由美の肌に、また反応してきてしまった。

（どうなっちゃったんだ。もう一回出来るかも知れない……）

史郎は思い、すっかり春が戻ったことを自覚したのだった。

女子大生の淫心

小料理屋にて

（この間の人妻との出会いには驚いたが、やはり占いの方は、たまたま当たっただけだろうな……）

史郎《しろう》は思い、ふとした拍子に人妻真由美《まゆみ》の面影がよぎってしまうが、まだまだ占い師のことは信用していなかった。

それなのに、やはり気になって、彼はまた「鬼道館《きどうかん》」へと足を運んでしまったのだった。

やはり淫気《いんき》が旺盛《おうせい》になり、女体への渇望も大きくて寂しく、つい何かに縋《すが》りたくなっているのだろう。

「鬼道館」に足を踏み入れると、今日も妖《あや》しい黒衣の由良子《ゆらこ》が、大きな水晶玉を前に座っていた。

「どうぞ。まだお疑いのようですが、またお越しになりましたね」

「え……、いえ……」

心根を見透かされたようなことを言われ、史郎は少し狼狽《うろた》えた。

「私の予言は必ず当たります」

きっぱりと言われ、史郎はベールから覗《のぞ》く切れ長の目に射《い》すくめられたように何も言えないでいた。

すると、由良子は彼に質問もせず、水晶を見つめながら続けた。

「ここより真南の方角、十五分ほど行った住宅街に、小さな店があります」

「はあ……」

史郎は曖昧《あいまい》に頷《うなず》きながらも、しっかりと彼女の言葉を耳に刻みつけた。

「……寂しさが崩おれてくる。戸惑わず、隙《すき》あらば奪って心を描くべし。さすれば至《し》福《ふく》の時が訪れるなり」

由良子が、神のお告げのように重々しい声で言った。

史郎は、何やら狐《きつね》につままれたようだったが、前回もそれで良い思いをしたので、やがて見料《けんりょう》を支払って「鬼道館」を出た。

そういえば、今夜も女房は友人との旅行でいないのだ。まだ夕食も済ませていないことを思い出し、史郎は言われた通り南の方向に歩いて行った。

やがて繁華街が切れて、閑静な住宅街に入った。

（こんなところに、本当に店があるのかな）

史郎は思いつつも、十五分ほど歩くと、向こうに灯《あか》りが見えた。

近づくと、こぢんまりとした料理屋ではないか。暖簾《のれん》をくぐり、戸を開けて入ってみると、中はカウンターが五、六席あるだけの店だった。

「あ、申し訳ありません。今日は早じまいなんです」

若い女の子が済まなそうに言う。

「そう、でも少しでいいから何かないかな。もうお店がここしかなかったものだから」

彼女があまりに可憐《かれん》なので、史郎は食い下がるように言った。

すると、彼女も笑みを浮かべて頷いた。

「分かりました。あり合わせのものだけですけれど、それでよろしかったら」

彼女は言って、料理の仕度をする前に、先に暖簾をしまい、看板の灯りを消して戻ってきた。

「済みません。女将《おかみ》さんが早上がりしてしまったもので」

「そう、君は娘さん？　まだ高校生かな？」

「いいえ、バイトです。これでも二十歳になったばかりの女子大生なんですよ」

彼女が清らかな笑顔で言い、カウンターの中に入って仕度をはじめた。

ショートカットで丸顔の笑窪《えくぼ》が愛らしく、エプロンをした服の上からも、ムチムチとした健康そうな肉体の躍動が感じられるようだった。

スッピンに近いのだろうが、何しろ若いから輝くような美しさが滲《にじ》み出ている。

頰《ほほ》は水蜜桃《すいみつとう》のように産毛《うぶげ》が輝き、胸も腰も娘らしい丸みを帯びていた。

（処女かな。いや、二十歳と言うから、もう男を知っているだろうな……）

そんなことを思いながら壁を見ると、有名人の色紙が何枚か貼られていた。『ママへ』と書かれた色紙の隣に、『彩香《あやか》ちゃんへ』というのがあった。

「彩香ちゃんて言うの？」

「はい、そうです」

彼女、彩香は答え、やがて料理を出してくれた。

清らかな唇《くちびる》

「お待ちどおさま。こんなものしかありませんけれど。あ、お酒も要りますか？」

彩香が言って出してくれたのは、漬け物に煮付け、鮭の切り身だ。

「うん、ご馳走だよ。こういうのが食べたかったんだ。構わなければ、お酒も一本」

史郎は家庭的な料理に目を輝かせ、急に空腹を覚えた。

彩香も、すぐに酒を注いでくれた。

そして箸《はし》をつけると、彩香の美貌は少しだけ頭の隅へと追いやり、酒と料理の味わいを楽しんだ。

史郎は、瞬《また》く間に料理を片付けてしまった。

「でも、彩香ちゃんは可愛いから、ずいぶん言い寄られるんじゃないかな？」

「いいえ、実はフラれたばかりなんです」

史郎が言うと、彩香が少し寂しそうな表情になって答えた。

「え？　君をふるなんて男がいるの？　それは、ずいぶん見る目のない奴だね」

「一年半付き合ったのですけれど、他に好きな人が出来たからって簡単に……」

「それはひどい」

「男の人って、そういうところがあるんですか？」

彩香が、黒目がちの大きな目で訴えかけるように彼を見て言った。

「人によると思うけど、辛い思いは、やがて本当に幸せになったときの喜びを大きくしてくれるよ」

「ええ……」

「きっと、もっと良い男が現れるから心配要らないよ」

史郎は言いながら酒の余りを飲み、彩香が泣くんじゃないかと少し心配になった。

それほど、まだ失恋の痛手は大きく心を支配しているようだった。

「良ければ、彩香ちゃんも少し飲まないか」

「ええ、じゃ少しだけ……」

彩香も答え、グラスに少しだけ酒を注いで飲んだ。

（一年半か……）

処女で出会ったにしても、それだけ交際していれば、かなり肉体も練れて、快感にも目覚めているだろうなと、つい史郎は思ってしまった。

やがて酒を飲み終えると、史郎は立ち上がった。

もっと長く話していたかったが、もう店仕舞いの時間を過ぎているだろう。

「とにかく元気出してね。また寄らせてもらうから」

「はい、有難うございます」

言って立ち上がると、彩香も寂しげな笑みを浮かべてレジに出てきた。

そして驚くほど安い代金を支払うと、彼女もそのままカウンターに来て片付けものを始めようとした。

そのとき、よろけたか目眩《めまい》を起こしたか、彩香がいきなり史郎の方に崩れかかってきたのだ。

「あ……」

史郎は声を洩《も》らして慌てて抱き留め、彼女を支えてやった。

ふんわりとした髪の甘いリンスの香りと、働きづめだったせいか生ぬるく甘ったるい汗の匂《にお》い、それに湿り気ある甘酸っぱい息の匂いなどがミックスされて、史郎の鼻《び》腔《こう》を悩ましく刺激してきた。

「す、済みません。あまり食事も睡眠も取れなくて……」

彩香が、史郎にもたれかかりながら小さく言った。

「それはいけないよ。少しにしろ飲ませたりして悪かったね」

「いいえ……、私、寂しいんです……」

長い睫毛《まつげ》の間から潤んだ眼差しで見上げ、彩香が身を寄せたまま囁《ささや》いた。

そのとき史郎の脳裏に、由良子の言葉が甦《よみがえ》ったのだ。

(寂しさが崩おれたら、戸惑わず、隙あらば奪って心を掴け……？　一体どういうことなんだろう……)

そして、近い位置にある可憐《かれん》な女子大生の顔を見つめているうち、とうとう史郎は我慢できなくなってしまった。

ほろ酔いと淫《みだ》らな衝動に突き動かされ、そのまま彼は彩香に、そっと唇を重ねてしまったのだった。

私を慰めて

「ウ……」

彩香が小さく呻《うめ》いたが拒まず、むしろ受け入れるようにそっと睫毛を伏せた。

ピッタリと密着すると、二十歳の唇の弾力と、ほんのりした唾液《だえき》の湿り気が伝わり、甘酸っぱい果実臭の息が悩ましく鼻腔を掻《か》き回してきた。

その刺激を感じるたび、直《じか》にペニスに興奮が伝わって、彼はムクムクと激しく勃起《ぼっき》してしまった。

おそらく史郎が経験した女性の中では、彩香が最年少となるだろう。

もっとも、知っている若い女性は、婚約中の頃の女房ぐらいなものだが。

彩香がすっかり史郎に身を任せるように寄り添ってくるので、彼もしっかりと抱きすくめながら、そろそろと彼女の口に舌を差し入れてしまった。

「ンン……」

彩香が熱く鼻を鳴らし、史郎の舌の侵入を受け入れた。

彼は舌先で、ヌラリとした滑《なめ》らかな歯並びを舐《な》めてから、かぐわしい熱気の籠《こ》もる内部に潜《もぐ》り込んでいった。

舌が触れ合うと、彩香もチロチロと無邪気に蠢《うごめ》かせてきた。

史郎は、女子大生の舌の滑らかな感触と、生温かな唾液を味わい、すっかり甘酸っぱい息の匂いに酔いしれながら、グイグイと勃起した股間《こかん》を押しつけてしまった。

(心を描くって一体……)

また彼は由良子の言葉を思い出したが、舌をからめるうちに、ふと思い立った。

そして舌先で、心という字を描くように動かしてみたのだ。

まず彩香の舌の側面にヌラリと触れ、舌の裏側をなぞるように左から右へと舐め回し、舌先と反対側の側面にチョンチョンと触れたのだ。

そして心という字を意識しながら何度となく描いて舌を蠢かすうち、彩香の熱い息《いき》遣《づか》いが激しくなってきた。

彼女もシッカリと両手を回してしがみつき、柔らかな胸と股間をグイグイと押しつけてきたではないか。

史郎は、女子大生の清らかな唾液をすすり、小泡の多い生温かな粘液で心ゆくまで喉《のど》を潤した。

「アア……、駄目、これ以上すると、立っていられなくなります……」

ようやく唇を離すと、彩香が可憐な眼差しで史郎を見上げて囁いた。

「あの、私のアパート、このすぐ近くなんです……」

「え……、僕が行って、彩香ちゃんを慰めてもいいの？」

史郎は心ときめく展開に、勃起したペニスを震わせて言った。

すると彩香も彼を見つめたまま、こっくりと頷いたではないか。

「う、うん、僕で構わないのなら、行こうか」

言うと彩香は、急に元気になったようにエプロンを外し、手早く片付けを始めた。

やがて手を拭《ふ》き、店の灯りを消すと、史郎は彩香と一緒に店の外に出た。

彼女は戸締まりをし、案内するように歩きはじめた。

すると五分も歩かないうち、彩香の住まいに着いた。六所帯の小綺麗なアパートで、彼女の部屋は一階の端だ。

彩香は気が急《せ》くように鍵を開け、史郎を中に招き入れた。

室内にはふんわりと、甘い娘の匂いが籠もっていた。

小さなキッチンも清潔に整頓され、六畳ほどの洋間にはベッドが据えられ、あとは女子大生らしく机と本棚があるだけだ。

彩香は、寂しさを慰めてもらおうという気持ちだけに突き動かされ、無言で手早くブラウスを脱ぎはじめた。

どうやら彼女も本気のようなので、史郎も興奮に胸を高鳴らせながら、急いで服を脱いでいった。

たちまち彩香は最後の一枚までためらいなく脱ぎ去り、一糸《いっし》まとわぬ姿でベッドに横たわった。

史郎も全裸になり、瑞々《みずみず》しい女子大生の肌を見ながら添い寝していった。

（また、占いの通りになってしまった……）

史郎は思い、彩香に身を寄せた。

溢《あふ》れる蜜《みつ》

「ああ……、すごくドキドキしてます……」

互いに全裸になり、史郎が添い寝しただけで、彩香は熱く喘《あえ》ぎながら言い、ふんわりと甘い匂いを生ぬるく揺らめかせた。

史郎はもう一度唇を重ね、ネットリと舌をからめながら、形良く張りのある乳房にタッチした。

また『心』の字を描くように舌をからめると、

「ンンッ……！」

彩香は熱く鼻を鳴らして呻き、湿り気ある果実臭の息を弾ませた。

史郎は可憐な女子大生の唾液と吐息を貪《むさぼ》りながら、指の腹で乳首をいじり、手のひらで柔らかな膨《ふく》らみを愛撫《あいぶ》した。

乳首はコリコリと勃起し、その肉体も感度が良くヒクヒクと反応していた。

「あぁッ……！」

とうとう息苦しくなったように、彩香が口を離してビクッと顔を仰《の》け反《ぞ》らせた。糸を引く唾液が何とも淫らで、史郎も激しい興奮に見舞われた。

彼は、そのまま白い首筋を舐め下り、しなやかな黒髪に鼻を埋めて、ほのかに甘いリンスの香りを嗅《か》ぎながら、乳房まで移動していった。

膨らみは実に形良く、乳首もツンと上向き加減で若々しい張りに満ちていた。

史郎はチュッと吸い付き、顔中を膨らみに押しつけて、感触と肌の匂いを味わった。

そして舌で転がしながら、もう片方の膨らみにも指を這《は》わせた。

（心を描けば、至福の時が訪れるなり。ゆっくり何度も、どこにでも心を描けば至福止《や》むことなし……）

また、史郎の脳裏に由良子の言葉が甦ってきた。

（どこにでも……？）

彼は思い、小料理屋で彩香と舌をからめながら心を描き、大変な効果を発揮したことを思い出した。

そこで史郎は乳首を含みながら、舌先で心の字を描いてみた。

まずは左端に舌で短く触れ、そのまま下辺をヌラリと通過し、今度は上部と右端に触れてみた。

「ああッ……、き、気持ちいい……」

実に効果覿面《てきめん》、彩香はいっそう声を上ずらせて喘ぎ、クネクネと激しく身悶《みもだ》えはじめていた。

史郎は充分に愛撫してから、もう片方の乳首も含み、微妙なタッチで舌先を心の形にしては執拗《しつよう》に舐め回し、時にチュッと強く吸い付いた。

「アア……、駄目、変になりそう……」

彩香が身を弓なりに反らせて喘ぎ、史郎はあまりの反応に激しく勃起しながら愛撫を繰り返した。

さらに彼女の腋《わき》の下にも顔を埋め込み、生ぬるい汗に湿った窪《くぼ》みに籠もる、甘ったるいミルクのような体臭で鼻腔を満たし、舌を這わせた。

そして脇腹を舐め下りながら、そろそろと指を股間に迫らせていった。

ムッチリとした滑らかな内腿《うちもも》を撫《な》で上げ、そっと中心部にタッチすると、そこは驚くほど熱く濡れているではないか。

柔らかな茂みを探り、割れ目に触れながら、潤いを付けた指先で、たまにそっとコリッとした突起に触れた。

「あう……！」

彩香が激しく呻き、内腿でキュッときつく彼の手を挟み付けてきた。

史郎は脇腹を舐め下り、真ん中に移動し、愛らしい縦長のオヘソを舐め、さらに白く張りのある下腹、丸みを帯びた腰にも舌を這わせた。

「さあ、もっと力を抜いて脚を開いて」

両膝《りょうひざ》を割りながら顔を寄せて囁くと、

「アア……、恥ずかしい……」

彩香が嫌々をしながらか細く言い、それでも徐々に脚を開いてくれた。

その真ん中に腹這い、史郎は白く神聖な内腿を舐め上げながら、女子大生の割れ目に顔を寄せていった。

楚々《そそ》とした若草がふんわりと煙《けぶ》り、割れ目からはみ出した陰唇《いんしん》も興奮に色づき、ネットリとした愛液を宿して、妖しい光沢を放っていた。

史郎は、そっと指で花びらを開いた。

二十歳の匂い

「あう……、そんなに見ないで……」

史郎が鼻先を迫らせると、彩香が声を震わせて言った。

割れ目の内部は綺麗なピンクの柔肉《やわにく》で、それが大量の蜜にヌメヌメと潤っていた。

膣口《ちつこう》は花弁状に入り組む襞《ひだ》が息づき、包皮の下からは真珠色のクリトリスがツンと突き立っていた。

艶《なま》めかしくも可憐な眺めに堪《たま》らず、史郎は吸い寄せられるように、彼女の中心部に顔を埋め込んでいった。

柔らかな茂みに鼻を埋めて擦《こす》りつけると、隅々に籠もった甘ったるい汗の匂いが馥《ふく》郁《いく》と鼻腔をくすぐり、ほんのりしたチーズ臭の刺激も入り交じっていた。

これが二十歳の匂いなんだ、と史郎は興奮しながら思い、彩香の体臭を貪りながら舌を這わせた。

淡い酸味のヌラつきが舌の動きを滑《なめ》らかにさせ、彼は収縮する膣口の襞をクチュクチュと掻き回し、柔肉をたどってクリトリスまで舐め上げていった。

「アアッ……！」

彩香がビクッと顔を仰け反らせて熱く喘ぎ、内腿でムッチリときつく史郎の両頬を挟み付けてきた。

彼はもがく腰を抱え込んで押さえながら、チロチロと執拗にクリトリスを舐めては、溢れる愛液をすすった。

そしてここでも『心』の字を描くことを試してみた。

舌先で、小さなクリトリスの左側に触れ、真下をヌラリと舐め、上部と右側にも微妙にタッチした。

「ああ……、駄目、いきそう……！」

彩香は、この愛撫にも激しく反応し、ヒクヒクと下腹を波打たせては彼の顔をきつく締め付けた。

クリトリスばかりでなく、膣口にも同様に舌を這わせ、充分に愛撫してから再びクリトリスを責めた。

「い、いく……！」

とうとう彩香が反り返ったまま口走り、ガクガクと腰を跳ね上げて大量の蜜を漏らして昇り詰めてしまった。

やがて彼女がグッタリとなり、舐めても無反応になると、史郎は股間から這い出して添い寝した。

そして喘ぐ口に鼻を押しつけ、湿り気ある甘酸っぱい息を嗅ぎながら、彼女が平静に戻るのを待った。

彩香の手を握ってペニスに導くと、彼女もまだ荒い呼吸を繰り返しているのに、徐々に自分を取り戻しはじめたか、やんわりと握って、ニギニギと動かしてくれた。

「ああ……」

今度は史郎が喘ぐ番だ。

柔らかく、ほんのり汗ばんで生温かな手のひらに包まれながら、彼は勃起した幹をヒクヒクと震わせて高まった。

そして彼女の顔を股間へと押しやると、彩香もすぐに察して移動してくれた。

大股開きになると、彼女もその間に陣取って腹這い、ためらいなく可憐な顔を股間に寄せてきた。

舌先が先端に這い、尿道口から滲む粘液が舐め取られ、幹をたどって陰嚢《いんのう》にもしゃぶり付いてくれた。

こうしたテクニックを、彩香は元彼に教わったのだろう。

舌が二つの睾丸《こうがん》を心地よく転がし、袋全体が清らかな唾液にまみれると、彼女は再びペニスの裏側を舐め上げ、今度は丸く開いた口でスッポリと根元まで呑《の》み込んでくれた。

「く……」

温かく濡れた口の中に含まれ、史郎は暴発を堪《こら》えて呻いた。

彼女の熱い鼻息が恥毛《ちもう》をくすぐり、唾液に濡れた唇が幹をキュッと丸く締め付けてきた。

内部では舌がクチュクチュと蠢き、たちまちペニス全体は女子大生の唾液にどっぷりと浸り込んだ。

「ね、ベロの先で心という字を書いてみて」

思わず言ってみると、彩香は素直に舌先を蠢かせてくれた。ペニスの右側面に舌先が触れ、ヌラリと裏側を這い回り、上と左側に彩香の舌先がタッチしてきた。

なるほど、実に心地よいが、やはり史郎にとってはテクニックよりも、二十歳の美女の口に含まれているという状況だけで充分であった。

やがて漏らしてしまう前に口を離させ、彼は身を起こし、再び彩香を仰向けにした。

心の絶頂

「いいかい……？」

史郎は一言ことわり、彩香に正常位でのしかかっていった。

張りつめた亀頭《きとう》を割れ目に擦りつけ、位置を定めると、感触を味わうようにゆっくりと挿入した。

「アアッ……！」

彩香が喘ぎ、ヌルヌルッと滑らかに根元まで受け入れていった。

史郎は肉襞の摩擦と締め付け、熱いほどの温もりに包まれながら根元まで押し込み、やがて脚を伸ばして身を重ねていった。

彩香も、すぐに下から両手を回してしっかりとしがみついてきた。

史郎は感激と快感を嚙《か》み締め、まだ動かずに二十歳の温もりと感触を味わった。

動かなくても、息づくような収縮がペニスを締め付け、愛液も泉のようにトロトロと溢れていた。

胸の下では柔らかな乳房が押し潰れて弾《はず》み、恥毛が密着し、コリコリする恥骨《ちこつ》の膨らみも伝わってきた。

史郎は彼女の肩に腕を回して抱きすくめ、やがて我慢できず、そろそろと腰を突き動かしはじめた。

「ああッ……、いい気持ち……！」

彩香が喘ぎ、彼の背に回した両手に力が入った。

やはり、クリトリスを舐められて絶頂に達するのと、男女が一つになるのは全く別物のようだ。

史郎は何度か動きながら、屈み込んでは乳首を舐め、唇も重ねて舌をからめた。

そして『心』の字を、ペニスで内部にも書いてみようと思ったのである。

まずは左側の内壁をペニスで軽く擦り、下部をペニスの裏側でぐるりとなぞるように動かし、上部と右側にも押しつけた。

「アア……、またいきそう……！」

彩香が声を上ずらせて言い、味わうようにキュッキュッと締め付けてきた。

史郎も、何度かピストン運動をしてから、また心の字を描いた。

溢れるヌメリに、次第に動きが滑らかになり、押しつけられる陰嚢までネットリと蜜にまみれた。

やはり心の字は、短い刺激と長い刺激の対比があり、しかも内壁の全方向を擦るので良いのだろう。

また、それだけ女性の内壁というのは、全てが同じで単調な感覚ではなく、それぞれの部位がちゃんと感じるように出来ているのだと実感した。

「こんなの初めてよ……。い、いく……、アアーッ……！」

たちまち彩香が声を上ずらせて口走り、彼を乗せたままガクンガクンと狂おしい痙《けい》攣《れん》を開始して昇り詰めた。

やはりさっきより大きなオルガスムスのようで、膣内の収縮は最高潮になり、愛液も潮を噴くように大量に溢れた。

史郎も股間をぶつけるように激しく突き動かしながら、とうとう大きな絶頂に全身を貫かれた。

「く……！」

突き上がる快感に呻きながら、熱い大量のザーメンをドクンドクンと勢いよくほとばしらせてしまった。

何という快感であろう。

まさか五十を超えた自分の人生で、二十歳の女子大生と快楽を分かち合う日が来るなど夢にも思わなかった。

彩香は、大きな波を越えたあともヒクヒクと身を震わせ、荒い呼吸を繰り返しながら悶えていた。

まさに由良子の言った通り、身も心も揺さぶる至福の時を味わっているのだろう。

史郎も全て出し切り、すっかり満足しながら力を抜いていった。

そして女子大生のかぐわしい果実臭の息を間近に嗅ぎながら、うっとりと快感の余韻を嚙み締めた。

「ああ……、私、こんなに感じるタイプだったんですね……」

彩香が朦朧《もうろう》としながら、自分でも驚いたように言った。史郎も満たされ、二人で荒い呼吸を整えたのだった……。

事務員の蜜《みつ》

清楚《せいそ》な美女と

（そば打ち教室か。ちょっと億劫《おっくう》だな……）

妻の佳江《よしえ》に誘われた史郎《しろう》は思い、それでも結局出向くことになった。

休日の土曜日で、外は実に爽《さわ》やかな秋晴れである。

まあ、家にいたところで仕方がないし、他に用と言っても本屋へ行くぐらいなのだからと、史郎は佳江と一緒にマンションを出たのだった。

成人している二人の子供も、それぞれ外で暮らしているので、やはり佳江もたまの休日ぐらい史郎と出かけたいのだろう。

実はもう一つ、史郎の気が進まない理由があった。

先日、また彼は占いの「鬼道館《きどうかん》」へと行ったのだ。由良子《ゆらこ》の占いのおかげで、二人もの美女と懇《ねんご》ろになり、その礼もかねて顔を出したのだった。

するとと由良子は、また水晶のお告げを彼に言ったのである。

「土曜、伴侶とともに西の方角へ十分歩いた場所、その集いで孤独の番人と出会う。誘われたら渦巻くように施《ほどこ》すべし。丁寧に渦巻《うずま》けば深淵《しんえん》に近づき、貫けば至福《しふく》のときが訪れるなり」

妻のことなど話したこともないのに、由良子はそう言った。

孤独の番人、などという響きが、あまり良いものでないため、彼は気が進まなかったのである。

そして、そば打ち教室が行われる公民館は史郎の住まいから西の方角に十分ほど歩いた場所にあるのだ。

会場に入ると、何班かに分けられ、それぞれのテーブルで作業を開始した。

そば粉を練り、水加減に注意しながら麺棒で延ばしていく。

なかなかの力仕事で、史郎は次第に夢中になって、佳江に助けてもらいながらそば打ちを続けた。

同じ班のメンバーに、三十歳前後の女性がいて、その美しさが気になったが、史郎も佳江の手前、あまり見つめるようなことは出来なかった。

彼女は麻生恵利子《あそうえりこ》と言い、ある商事会社で事務員をしているらしい。セミロングの黒髪を束ね、佳江が余分に持ってきていたバンダナを借りて三角巾代わりに頭に巻き、真剣な横顔で麺作りに熱中していた。

鼻筋が通り、睫毛《まつげ》が長い。エプロンをした胸も案外に豊かで、お尻の丸みも実に艶《なま》めかしい熟《う》れ具合だ。

その恵利子が、一緒に作業して少し経つうちにすっかり打ち解け、佳江と何かと親しげに話している。

「私、料理が下手なんです。いつも彼氏に不味《まず》いって怒られて……」

「そう、じゃ今度教えてあげるわ。家も近いようだし」

恵利子が言い、佳江も快く答えた。

実際、聞いてみると恵利子の住まいは史郎のマンションから、少し駅に向かった場所にある新築のハイツだったのだ。

やがて作業が終了し、少々遅めの昼食ということで、皆でそばを食べて、教室はお開きとなった。

史郎と佳江も、恵利子と別れて公民館を出ると、真っ直ぐマンションに帰ってきた。

「あら、バンダナを貸したままだったわ」

佳江が気づいて言った。

「あなた、取りに行って下さる？　すぐ近所だから」

「ああ、いいよ。どうせ本屋に行こうと思っていたからね」

言われて、史郎も答えた。

そして彼は少し休憩してから、夕方には戻ると言い置いて、もう一度マンションを出たのだった。

恵利子の住むハイツはすぐに分かった。

一階の隅の部屋に表札があり、チャイムを鳴らした。

「はい、どなた？」

「あ、先ほど教室でお会いした中田《なかだ》です。女房のバンダナを」

「まあ、済みません」

恵利子は答え、ドアを開けてくれた。

中はすぐキッチンになっていて、夕食の支度中らしい匂《にお》いが漂っていた。

感じる耳たぶ

「あの、よろしかったら味見して頂けませんか？」

恵利子はバンダナを返しながら言い、史郎を中に招き入れてくれた。

「ええ、いい匂いですね。きっと上手に出来ているでしょう」

「でも、お料理の上手な奥様がいるのですから、率直な感想をお聞きしたいです」

恵利子が言うので、史郎も上がり込んだ。

そして調理されているコンロの方に近づくと、そのとき恵利子の髪に、そば教室の名残らしいそば粉が、白く付着しているのに気づいた。

「あ、粉が」

史郎は言い、そっと手を伸ばして黒髪に触れ、粉を払い落とした。

「済みません。あ……！」

と、彼の指先が耳に触れた途端、恵利子が声を洩《も》らして、ビクッと激しく反応したのである。

どうやら、相当に耳が感じるらしい。

「失礼、粉が耳に」

今の拍子で、髪に付いていた粉が耳にも降りかかったので、史郎は言いながらそっと指先で耳たぶや穴の回りに触れた。

(渦巻くように施すべし……。渦巻けば深淵に近づき……)

ふと、史郎の脳裏に由良子の言葉が甦《よみがえ》ってきた。

彼は指先で粉を取ろうと、そっと彼女の耳の穴に触れ、ぐるりと渦を巻くように動かしてみた。

「アアッ……!」

恵利子は熱く喘《あえ》ぎ、何やら立っていられなくなるほどガクガクと激しく膝《ひざ》を震わせ、そのまま史郎の方へと、もたれかかってきたではないか。

性感帯が、耳に集中しているのかも知れない。そして彼氏とも、最近は疎遠になり、かなり欲求が溜《た》まっているのではないかと彼は思った。

由良子が言った「孤独の番人」とは、恵利子のことだったようだ。

「大丈夫ですか……」

思わず抱き留めながら囁《ささや》くと、彼のすぐ鼻先に、甘い匂いの黒髪と、桜色に染まった耳たぶが覗《のぞ》いていた。

史郎は指先で髪を掻《か》き上げ、とうとう急激な淫気《いんき》に襲われながら、吸い寄せられるように耳に唇《くちびる》を押しつけてしまった。

そっと耳たぶを含んで吸い、舌を這《は》わせながら軽く歯を当て、さらに耳の穴にも舌を差し入れていった。

「アア……」

恵利子はか細く声を洩らしながら、熱い呼吸を繰り返し、それでも拒むことなく彼に身を預けてじっとしていた。

髪に鼻を押しつけると、甘いリンスの香りに交じり、悩ましい汗の匂いもほんのり鼻腔《びこう》を刺激してきた。

そして史郎は舌先で、渦を巻くように恵利子の耳の穴を舐《な》め回し、クチュクチュと小刻みに蠢《うごめ》かせた。

「あ……、ああ……、駄目……」

恵利子が朦朧《もうろう》としながら言い、さらにきつく彼にしがみついてきた。

どうやら彼女の淫気のスイッチは、耳にあるようだ。

史郎も彼女の髪の匂いを嗅《か》ぎながら、円を描くように舌を動かした。

服を通して、恵利子の肉体の躍動が心地よく伝わり、史郎は激しく勃起《ぼっき》した股間《こかん》をグイグイと彼女に押しつけてしまった。

そして充分に耳の穴を舐めると、恵利子の方から顔を向け、そろそろと唇を求めてきたではないか。

見た目は清楚で控えめそうだが、いったん火が点《つ》くと止めようがなく、情熱的になるタイプかも知れない。

恵利子が薄目で彼を見上げ、熱い息の弾《はず》む唇が僅《わず》かに開き、ヌラリと光沢ある歯並びが白く覗いて、湿り気ある甘い息が彼の鼻腔を悩ましく刺激してきた。

史郎は我慢できなくなり、ピッタリと唇を重ね、舌を差し入れていった。

「ンン……」

恵利子も熱く鼻を鳴らし、かぐわしい息を弾ませながら歯を開き、舌の侵入を許してくれた。

史郎は、また渦を巻くように蠢かせながら、舌をからめていった。

悶《もだ》える柔肌

「ク……!」

史郎の舌の蠢きに、恵利子は小さく呻《うめ》き、さらに強く唇を押しつけてきた。彼は執拗《しつよう》に舌を蠢かせ、生温かくトロリと溢《あふ》れる美女の唾液《だえき》を味わい、すすって心地よく喉《のど》を潤した。

滑《なめ》らかに蠢く舌に、執拗にからみつけ、史郎もすっかり高まり、後戻りできない状態になってしまった。

妻の佳江には、夕方までに帰ると言っておいたので、少しは時間がある。佳江も、夫はきっとバンダナを受け取って、あとはいつものように気ままに本屋巡りをしていると思っているだろう。

やがて長いディープキスを終えると、恵利子がゆっくりと唇を引き離した。離れるとき、クチュッと小さく湿った音がして、淫《みだ》らに唾液の糸が引いて互いの口を結んだ。

「どうか、お部屋へ……」

恵利子が小さく言い、思い出したようにコンロの火を消した。

そして一緒に奥へ行き、リビングの隣にある寝室に入っていった。

六畳ほどの洋間に、クローゼットとベッド、鏡台などが置かれ、ほんのり生ぬるく甘い匂いが籠《こ》もっていた。

「済みません。とっても寂しかったものですから……。でも、いいんでしょうか。あんな綺麗で優しい奥様がいる方と……」

「ええ、構いません」

恵利子が恐る恐る言ったが、史郎は答えながら、すぐに服を脱ぎはじめた。

すると恵利子も安心したように、そしてさらなる期待と興奮に息を震わせながらエプロンを取り去り、ブラウスのボタンを外しはじめた。

脱いでいくにつれ、見る見る白く滑らかな肌が露《あらわ》になってゆき、先に全裸になった史郎はベッドに横になって待った。

枕にもシーツにも、彼女の甘ったるい匂いが沁《し》み付き、史郎ははち切れそうなほど勃起していた。

やがて恵利子が背を向け、最後の一枚を脱ぎ去ると、白く形良い尻が彼の方に突き出された。

会ったときから、着衣の上からでも良いプロポーションだと思っていたが、やはり彼女の肌も肢体も、想像以上に素晴らしく艶《なま》めかしいものだった。

恵利子が、羞《は》じらいを含んだ優雅な仕草で添い寝してきた。

さっきとは反対側の耳が近づいたので、史郎はそちらにも唇を押しつけ、そっと舌先を差し入れ、円を描くようにクチュクチュと蠢かせた。

そして渦巻くように愛撫《あいぶ》してから、深淵を貫くようにヌルッと舌先を押し込むと、

「あぁッ……！」

恵利子は、すぐに激しく喘ぎ、クネクネと悶えはじめた。

やはりキッチンではなく、全裸で、しかもベッドの上となると、官能の火が点くのも早いようだ。

「耳、感じるの？」

「ええ……、すごく……」

史郎が耳に口をつけて囁くと、恵利子はくすぐったそうに肩をすくめながら、小さく答えた。

この分なら、割れ目を同じく渦巻くように舐めたら、相当に燃え上がるのだろうと史郎は思った。

しかし、肝心な部分は最後だ。

これほどまでの美女に対し、あまりに性急にしたら勿体《もったい》ないので、彼はまず隅々まで味わうことにした。

充分に耳を舐めてから白い首筋を舌先でたどり、再び唇を重ねて舌をからめ、心ゆ

くまで美女の唾液と吐息を味わった。

そして形良く息づく乳房へと這《は》い下りて行き、初々《ういうい》しい薄桃色の乳首にチュッと吸い付いていった。

顔中を柔らかな膨《ふく》らみに押しつけて感触を味わい、ほのかに甘い肌の匂いを嗅ぎながら、コリコリと硬くなった乳首を充分に舌で転がした。

「アア……、き、気持ちいい……」

恵利子はビクッと顔を仰《の》け反《ぞ》らせて喘ぎ、両手でシッカリと史郎の顔を抱き寄せて身悶えるのだった。

真珠色の光沢

「あぁッ……、駄目、感じすぎます……」

史郎が左右の乳首を充分に舐めると、恵利子が激しく喘いで言った。

史郎は再び白い首筋を舐め上げ、甘い匂いの髪を掻き分けて耳の穴に戻った。

やはりここは、何度か愛撫した方が高まる場所のようだ。

乳首をいじりながら耳の穴を舌先で円を描くように舐めると、ふと彼は占い師・由良子の言葉を思い出した。

(……しまいに貫けば、至福のときが訪れるだろう。貫いたあと、逆の渦巻きでゆっくりと引き戻せば、至福は止《や》むことがないだろう……)

史郎は舌先で渦を巻くように愛撫してから、今度は逆回転にしてみた。

「アア……、変な感じ……」

恵利子も、微妙な感触の違いに気づいたように声を洩らし、自身に芽生えた感覚を探るようにじっとしていた。

やがて史郎は充分に耳を愛撫してから、また乳首に戻り、柔らかな膨らみを顔中で味わった。

さらに腋《わき》の下にも顔を埋め込み、生ぬるく湿って甘ったるい汗の匂いに酔いしれ、滑らかな肌を舐め下りていった。

形良いお臍《へそ》をやはり渦を巻くように舐め回したあと、張りのある腹部に顔を押しつけながら、膝頭で彼女の股を開かせ、その真ん中に陣取って腹這《はらば》いになった。

そして白くムッチリとした内腿《うちもも》を舐め上げながら、熱気と湿り気の籠もる彼女の中心部に目を凝《こ》らした。

「ああ……、恥ずかしい……」

恵利子が顔を仰け反らせて喘ぎ、白い下腹をヒクヒクと波打たせた。

恥毛《ちもう》は情熱的に濃く、下の方は愛液を宿してキラキラと光っている。

割れ目からはみ出す陰唇《いんしん》も興奮に色づき、指で広げると、ヌメヌメするピンクの柔《やわ》肉《にく》が息づいて、妖《あや》しく誘っているかのようだ。

花弁状に襞《ひだ》の入り組む膣口《ちつこう》もキュッキュッと艶めかしい収縮を繰り返し、新たな蜜を滲《にじ》ませている。

包皮の下からは、真珠色の光沢を放つクリトリスがツンと突き立ち、小指ほどの大きさになった。

堪《たま》らずに史郎はギュッと顔を埋め込み、もがく腰を抱えながら柔らかな茂みに鼻を擦《こす》りつけた。

隅々には甘ったるい汗の匂いが馥郁《ふくいく》と籠もり、心地よく鼻腔を満たしてきた。ほのかに可愛らしい残尿臭も入り交じり、大量の愛液による、うっすらと生臭い成分もミックスされて、彼の鼻腔を悩ましく掻き回した。

舌を這わせると、トロリとした淡い酸味の蜜が動きを滑らかにさせた。

史郎は夢中になって膣口を舐め回し、クリトリスまで舌でたどっていった。

「あう……、き、気持ちいい……!」

恵利子も彼の両頬《りょうほほ》をムッチリと内腿で締め付けて呻き、ガクガクと激しく腰を跳ね上げて悶えた。

敏感なクリトリスばかり舐めたら、すぐ果ててしまうかも知れない。

史郎は思い、舌先を膣口に戻し、耳の穴を舐め回したように、浅く挿《さ》し入れて蠢かせはじめた。

最初は時計回りにしてヌメリをすすり、時たまクリトリスにも舌を這わせて、今度は逆回り。

「アア……、駄目……」

恵利子は、内腿にきつく力を込めて熱く喘いだ。愛液は泉のように溢れ、舐めながら見上げると、豊かな乳房の向こうで実に色っぽく喘ぐ表情が見えた。

「い、いきそう……」

恵利子が声を上ずらせて言い、すでに小さなオルガスムスの波が押し寄せているようにビクッと腰が跳ね上がった。

やがて史郎は、彼女が完全に昇り詰めてしまう前に舌を引っ込め、美女の体臭を鼻腔に刻みつけてから顔を上げ、股間から離れて添い寝していった。

淫らな舌遣《したづか》い

史郎は、恵利子の熱く弾む甘い息を嗅ぎながら、勃起したペニスを肌に押しつけた。

そして彼女の手を取り、強《こわ》ばりに導いていくと、やんわりと握ってくれた。

そしてニギニギと動かしはじめると、徐々に彼女も自分を取り戻したように、今度は史郎に愛撫してくれた。

ペニスを弄《もてあそ》びながら、仰向けになった彼の乳首を舐め、熱い息で肌をくすぐりながら軽く歯を立ててきた。

淑《しと》やかそうな顔をして、実は自分からするのも好きらしい。それは、彼氏の仕込みによるものだろうが、史郎もしばし美女の愛撫に身を任せた。

「ああ、気持ちいい、もっと強く……」

史郎が受け身になって言うと、恵利子はキュッキュッと乳首を嚙《か》み、その間も微妙なタッチでペニスを揉《も》んでくれた。

甘美な痛みと快感が電撃のように走り、たまにはこうして受け身になるのも良いものだと思った。

　恵利子は史郎の左右の乳首を舌と歯で充分に愛撫してから、肌を舐め下り、やがて大股開きにさせた彼の股間に腹這い、サラリと髪で内腿をくすぐりながら、肉棒の先端に顔を寄せてきた。

　チロリと舌を伸ばし、尿道口から滲む粘液を丁寧に舐め取り、張りつめた亀頭《きとう》にしゃぶり付き、舌先で幹の裏側をゆっくり這い下りていった。

　そして陰嚢《いんのう》を舐め回し、二つの睾丸《こうがん》を舌で転がし、袋全体を生温かな唾液にまみれさせた。

　なかなかのテクニシャンで、しかも股間を見ると清楚な美女が大胆な愛撫をしているので、史郎も激しく高まってきた。

　やがて彼女は再び舌先でペニスの裏側を舐め上げ、先端に戻ってきた。

　今度は丸く開いた口で、スッポリと根元まで呑《の》み込み、温かく濡れた口腔《こうこう》に深々と包み込んでくれた。

「アア……」

　史郎は快感に喘ぎ、美女の口の中で、温かな唾液にまみれたペニスをヒクヒクと歓喜に震わせた。

恵利子も幹を丸く締め付けながら、上気《じようき》した頰《ほほ》をすぼめて吸い付き、熱い鼻息で恥毛をそよがせた。

内部でもクチュクチュと舌がからみつき、滑らかな刺激を受けるたび、彼は肛門を引き締めて暴発を堪《こら》えた。

「も、もう……」

そして史郎が警告を発するように声を洩らすと、ようやく恵利子もスポンと口を引き離し、チロリと淫らに舌なめずりしながら顔を上げてくれた。

再び史郎が身を起こすと、恵利子も素直に仰向けになり、彼は正常位で彼女の股を開かせ、股間を進めていった。

「ああ……」

恵利子も、相当に興奮と期待が高まっているのだろう。まだ入れる前から喘ぎ声を洩らし、腰をくねらせながら濡れた割れ目を息づかせた。

史郎は先端を押しつけ、位置を定めてゆっくり挿入していった。

熟《う》れた果肉が、熱い果汁を漏らしながら、ヌルヌルッと滑らかに彼自身を根元まで受け入れた。

「アアーッ……！」

根元まで押し込むと、恵利子が身を弓なりに反らせて喘いだ。

まだ動かず、史郎は温もりと感触を噛み締めながら、身を起こしたまま、しばしじっとしていた。

これほどの良い女だと、すぐに済んでしまうのが惜しくなった。

そして、あらゆる体位を試してみたくなり、彼は深々と挿入したまま、下の彼女を横向きにさせていった。

「ああ……、どうするの……」

恵利子が戸惑いながらも素直に横向きになると、史郎は抜け落ちないよう股間を押しつけながら、彼女の下の脚に跨《また》がり、上の脚に両手でしがみついた。

股間が交差し、密着感がさらに高まった。

この松葉崩《まつばくず》しの体勢で、史郎は少しだけ腰を突き動かし、何とも心地よい肉襞の摩擦を味わった。

もちろんここで果ててしまうのも勿体ないので、さらに彼は恵利子をうつ伏せにさせていった。

正常位から、さらにバックスタイルへと移動していったのだった。

逆回転責めで……


「アア……、こんなの初めて……」

恵利子が顔を伏せて喘ぎ、白く豊かな尻を淫らに突き出して悶えた。

史郎は、腰を突き動かしては股間に当たって弾む尻の弾力を味わい、膣内の摩擦に燃え上がった。

そして覆いかぶさって白い背中を舐め回し、甘い匂いの髪にも顔を埋めながら、両脇から回した手で柔らかな乳房を優しく揉みしだいた。

大量に溢れる愛液が、彼女の内腿にまでネットリと伝い流れた。

さらに史郎は再び恵利子を横向きにさせ、さっきとは反対側の感触を味わってから、一度も抜くことなく正常位に戻っていったのだった。

これで満遍《まんべん》なく膣の内壁を刺激したことだろう。

もちろん、まだ仕上げが残っていた。

深々と挿入したまま身を重ねると、胸の下で乳房が心地よく押し潰れて弾み、恵利子も両手を回してしがみついてきた。

史郎は股間を押しつけながら、愛液にまみれたペニスを、内部で渦巻くように蠢かせはじめた。最初は時計回りに、浅い部分をゆっくり擦るように動かし、たまにズンと奥まで深く突いた。

「あう……！」

恵利子がビクッと反応し、声を上ずらせて呻いた。やはり耳と同じく、膣内の内壁をぐるりと刺激するというのは、かなり効果的のようだった。

そして耳が感じる恵利子は、膣もまた同じように弱いようだった。

史郎は腰を遣《つか》いながら屈み込み、恵利子の左右の乳首を舐め回し、さらに再び耳にも舌を差し入れていった。

ペニスの動きと舌の動きを連動させ、それぞれ耳と膣内を刺激すると、

「い、いきそう……！」

恵利子が彼の背に爪まで立てて喘ぎ、堪えきれないようにズンズンと股間を跳ね上げてきたのだ。

膣内の収縮も活発になり、いよいよオルガスムスが迫っているようだ。

史郎も急激に高まりながら、今度は動きを逆回転にさせた。

逆時計回りに腰を動かし、ペニスで内部を掻き回しては、たまにズンと強く押し込

むのである。それを繰り返すと、

「い、いく……、アアーッ……！」

とうとう恵利子はガクンガクンと激しい痙攣《けいれん》を開始し、声を震わせながら昇り詰めてしまった。

史郎も、美女のかぐわしい口に鼻を押しつけて甘い息を嗅ぎながら腰を遣い、つづいて大きなオルガスムスに達していった。

「く……！」

突き上がる快感に呻き、熱いザーメンを勢いよく放った。

「アア……」

もう恵利子は失神寸前になって喘ぎ、ヒクヒクと肌を波打たせるばかりだった。

史郎は心置きなく快感を味わい、すっかり満足しながら最後の一滴まで出し切って呼吸を整えた。

そして甘い吐息に酔いしれながら余韻を味わい、力を抜いていった。

「私、どうなっちゃったの……、こんな気持ちいいなんて、すごすぎるわ……」

恵利子は譫言《うわごと》のように朦朧と言って、熱い呼吸を繰り返した。

思い出したように柔肌がビクッと震え、全身が射精直後の亀頭のように過敏になって、いつまでも、目眩《めくるめ》く余韻が続いているようだった。

まさに至福に包まれているのだろう。

史郎は、また由良子の占いが当たったことに驚いていた。そして今日は、かなり動きや体位を工夫し、自分もいっぱしのテクニシャンになったようで良い気分だった。

（いけない……、そろそろ帰らないと……）

史郎は夢中で時間の経つのも忘れ、妻の佳江が夕食の仕度をしていることを急に思い出した。

いくら何でも、散歩にしては長すぎるだろう。やがて彼は起き上がり、身繕《みづくろ》いをしたのだった。

ナースの欲望

白衣に疼《うず》く

「今日は奥さんは見えないんですか」

「ええ、今夜は稽古事があるそうなので。それに明日は退院だから、朝に来てくれるでしょう」

夕食を持ってきてくれた看護師の比呂子《ひろこ》に言われ、史郎《しろう》は半身を起こして答えた。

「そうですか。ようやく退院ですね」

彼女も甲斐甲斐《かいがい》しくテーブルを出してくれながら言い、食事の仕度をしてすぐに出ていった。

史郎は、すっかり平常食に戻った夕食を食べながら、そろそろビールも飲みたいと思うのだった。

一週間前、急に胃の痛みを覚えて病院に行くと、胃潰瘍《いかいよう》と診断され、一週間も入院することになってしまったのだ。

かなり仕事上のストレスも溜《た》まっていたのだろう。

病院に来る前、史郎は占い師、「鬼道館《きどうかん》」の由良子《ゆらこ》にまた会っていた。

「お気をつけなさい。ここ数日、受難の相が出ております。何かあれば、北北西の方角に行くと治してくれるでしょう」

そう言われたので、自宅から北北西の位置にある病院を選んだのである。

さらに由良子は、このようなことも言っていた。

「瞳を閉じて、近づいたときが分かれ目。丁字路《ていじろ》の、丁字に彷徨《ほうこう》し、曲がり角の窪《くぼ》みに落ちれば、至福《しふく》のときが訪れるなり」

何のことだかよく分からないが、とにかく史郎は入院して療養し、この際だからゆっくり身体を休めて読書ばかりしていた。

たまに妻の佳江《よしえ》も来てくれて話し相手になってくれるし、胃の痛みも治まってほぼ全快したので、明日には退院ということになったのである。

担当の看護師は、朝倉《あさくら》比呂子という二十代後半の美女だった。

清潔な白衣が良く似合い、ショートカットで目鼻立ちが整い、胸も腰も実に艶《なま》めかしい丸みがあった。

何かと世話をしてもらいながら、史郎は彼女のほのかな体臭や髪の香り、甘い吐息を感じては股間《こかん》を疼かせてしまったものだ。

しかし、いくら個室で人目がないとはいえ、この年になるとなかなかオナニーはしなくなっていた。胃痛もあったし、全快すればまた良いことがあるだろうと楽しみにしていたのである。

しかし今夜は、自分でしてしまおうかという衝動に駆《か》られていた。

何しろ胃痛は消え去っているし、明日は退院なのだ。

比呂子とも明朝にはお別れだから、少しでも彼女の面影が新鮮なうちに抜いておきたい気持ちになっていた。

それに、せっかく快適なリクライニングベッドだし、病院だから実に静かに妄想に浸《ひた》れそうだった。

そんなことを考えながら食事を終えると、史郎は休憩してから歯を磨き、早々と退院の仕度をして、読みかけの本などをバッグに詰め込んだりした。

すると比呂子が、空の食器を下げに来てくれた。

そして今夜は史郎の部屋の片付けが最後らしく、比呂子は何かと病院のことを話しはじめたのだった。

要するに待遇への不満とか、人手不足による忙しさなどで、彼女もかなり疲れているようだ。

この入院中にすっかり気心も知れたし、比呂子は史郎との別れを何となく意識し、つい年上の男に甘えるように愚痴が出てしまったのかもしれない。

「看護師同士のいがみ合いとか、医者との不倫や、患者のセクハラとか、色々大変なんですよ」

「そう、ただでさえ重労働なのにね」

史郎は頷《うなず》き、比呂子が何かと話してくれるのが嬉しかった。しかも史郎は最近、何人かの女性と懇《ねんご》ろになり、すっかり聞き上手になっていたのだ。

「またあとで、色々と話しに来てもいいですか？」

まだ話し足りないように比呂子が言い、史郎が頷くと、やがて彼女は空の食膳を持って出ていった。

そして九時過ぎの消灯後に、彼女は再び来てくれたのである。

「さっきもお話ししましたけど、看護師同士はかなり醜いんです」

来るなり、比呂子が言った。

もう消灯されているので部屋は暗く、枕元のスタンドだけ点《つ》けられ、白衣の彼女がぼうっと艶めかしく照らし出されていた。

史郎はベッドの背の部分を上げ、楽な姿勢で聞き、比呂子は面会用のパイプ椅子に座って話していた。

「実は最近、お付き合いしていた先生を、同僚のナースに取られてしまったんです。結婚してもいいと思っていた人だったんだけれど、色仕掛けで強引に」

「そう、それは気の毒に……」

史郎が言うと、急に比呂子は目を潤ませ、肩を震わせて泣き出してしまった。

「大丈夫かい？　きっと、もっと良い人に会えるから安心しなさい」

史郎は手を伸ばし、彼女の背中を擦《さす》ってやった。

比呂子も彼のベッドの方に突っ伏すように、しばらく顔を伏せていたが、すぐに落ち着きを取り戻したようだった。

「済みません、大丈夫です。中田《なかだ》さんがあんまり優しいから、つい……」

比呂子が言い、大きく息を吸い込んで顔を上げた。

前髪がぱらりと額《ひたい》にかかり、潤んだ眼差しと、涙に濡れて上気《じょうき》した頬《ほほ》が何とも艶めかしかった。

そして史郎は彼女の顔を見て、ふと思い当たった。

(丁字路って、もしかして顔のTゾーンじゃないか……?)

占い師・由良子の言った言葉を思い出し、つい史郎は手を伸ばし、指で比呂子の涙を拭《ぬぐ》ってやり、額と鼻筋《の》に触れてみた。

すると比呂子が息を呑み、ビクッと身じろいだ。

嫌がったのではなく、意外に感じたことに彼女自身が驚いたようだ。

そして史郎も、まさか顔の真ん中に感じる部分があるなど思いもよらず、思い切って彼女の前髪を掻《か》き上げ、目頭の窪みをそっと押し、眉《まゆ》と瞼《まぶた》もそっと撫《な》でてみた。

「ああ……」

「ごめんね、あんまり可愛いから。触れられるのは嫌?」

「いいえ、なんか安心します。もっと触って下さい……」

驚いたことに比呂子がそう言ったので、史郎は眉と鼻筋のTゾーンに微妙なタッチで触れ、いつしか激しく勃起《ぼっき》してしまった。

比呂子もこちらに身を乗り出し、長い睫毛《まつげ》を伏せて、すっかり何もかも任せる体勢になっているではないか。

(瞳を閉じて、近づいたときが分かれ目。曲がり角の窪みに落ちれば……)

史郎は由良子の言葉を脳裏でたどりながら、試しに人差し指と中指の先で、両の目頭の窪みを軽く圧迫し、そのまま指先で挟むように鼻筋を撫でた。

そして何度か、Tの字を描くように指先で、彼女の眉から目頭の窪み、そして縦に鼻筋を撫で回していると、

「ああ……」

比呂子が小さく喘《あえ》ぎ、生ぬるく甘ったるい匂《にお》いが濃くなって、悩ましく史郎の鼻腔《びこう》を刺激してきた。

彼女の愛らしい鼻の頭を指の腹で撫でると、何やらクリトリスでも愛撫されているように比呂子は息を弾《はず》ませ、さらに彼の方へ身を預けてきた。

「ああ……、私、何だか……」

比呂子は熱く囁《ささや》きながら、いつしか添い寝するようにベッドに乗ってきた。

史郎もベッドの背の部分を水平にさせ、彼女をそっと抱きすくめた。

そして欲望が抑えきれず、とうとう史郎は彼女を抱き寄せ、ピッタリと唇《くちびる》を重ねてしまったのだった。

「ンン……」

比呂子はもはや拒まず、うっとりと熱く鼻を鳴らして唇を押しつけてきた。

史郎は、柔らかく密着する感触を味わい、熱く湿り気ある甘い息を嗅《か》ぎながら舌を差し入れていった。

まさぐり合う

「アア……」

史郎が舌先で滑《なめ》らかな歯並びを舐めると、比呂子が喘いで口を開いてきた。

美人ナースの口の中は、さらに生温かく甘い芳香《ほうこう》が籠《こ》もり、史郎は舌を差し入れて唾液《だえき》のヌメリを味わった。

比呂子も夢中になってかぐわしい息を弾ませ、クチュクチュと執拗《しつよう》に舌をからみつけてくれた。

しかも史郎が仰向けで下から抱きすくめ、その上から比呂子が覆いかぶさるように唇を重ねているため、次第に彼女の生温かくトロリとした唾液が滴《したた》り、口移しに注がれてくるのだ。

彼は小泡の多い唾液を味わい、うっとりと飲み込んで喉《のど》を潤した。

そして美女の唾液と吐息に酔いしれながら、そろそろと白衣の胸にタッチすると、柔らかな膨《ふく》らみが感じられた。

史郎は試しに、ここでもTの字に指を這《は》わせてみた。

白衣の上から両の膨らみを揉《も》み、乳首を探るようにいじってから、体の真ん中あたりを下りてゆき、股間にも触れてみたのだ。

「ああッ……」

比呂子は熱い喘ぎを控えめに洩《も》らすと、もう止めようもなくクネクネと身悶《みもだ》えはじめていた。

そしていったん淫《みだ》らに唾液の糸を引いて口を離したが、すぐにまた自分から唇を重ねてきた。

さらに史郎は、白衣の裾《すそ》の中に手を差し入れ、そろそろと内腿《うちもも》を指先で這い上がっていった。

太腿はパンストの手触りだったが、付け根で急に滑らかな素肌に触れた。

どうやら太腿の付け根で締め付けるタイプのものらしい。

薄布から滑らかな肌に変わる感触は、何とも艶めかしかった。

素肌はムッチリと張りがあり、さらに股間に移動してタッチすると、ショーツの中心部に触れた。

「ク……！」

比呂子が熱く呻《うめ》き、反射的にチュッと彼の舌に強く吸い付いてきた。

史郎は愛撫《あいぶ》する指先を、ここでもTの字に動かしてみた。

恥骨《ちこつ》の膨らみを真横になぞってから、割れ目に沿って縦に下ろしていくのだ。

ショーツ越しにも割れ目の食い込みがはっきりと分かり、さらに奥から滲《にじ》む愛液に、しっとりと湿り気を帯びはじめてゆく様子も伝わってきた。

すると股間をいじられながら、比呂子も史郎の股間にタッチしてきたのである。

パジャマのズボンの上から強《こわ》ばりに触れ、すっかり勃起している様子を探ると、そっと握って優しく動かしはじめてくれた。

史郎は激しい快感に高まり、熱く息を弾ませた。

何しろ一週間大人しくしていたのだから、相当に欲求も溜まっていた。

このまま果ててしまったら、あまりに勿体《もったい》ないので、史郎は競い合うように比呂子の股間を探り、クリトリスあたりに見当をつけて指の腹で擦《こす》った。

「も、もうダメ……」

と、比呂子が言って彼の手を、やんわりと股間から引き離した。

「待って下さいね……」

そして比呂子は言うなり、いったんベッドから下りて裾をめくり、ためらいなくショーツを脱ぎ去ってしまったのだ。

ダメと言ったが、それは愛撫を中断することではなく、ちゃんと準備を整えて続行しようということらしい。

「ナースステーションには、戻らなくていいの？」

「ええ、今夜は暇だから大丈夫です……」

比呂子は頰を上気させて答え、さらに白衣の胸のボタンも外して左右に開き、ブラのフロントホックまで外してくれたのだった。

そして何と、彼のパジャマのズボンも下着ごと引き脱がせ、下半身を丸出しにしてくれたのだ。

「すごいわ、こんなに……」

ピンピンに屹立《きつりつ》したペニスを見て、比呂子が息を呑んで囁いた。

史郎は後戻りできない興奮に再び彼女を抱き寄せ、はみ出した乳房に顔を寄せていったのだった。

滑らかに蠢《うごめ》く舌

史郎が乳首に吸い付き、舌で転がすと、比呂子がうっとりと喘いで甘い匂いを揺らめかせた。

「ああ……、いい気持ち……」

全裸ではなく、病室で白衣の胸を開き、はみ出した乳房に吸い付いているのだから興奮も倍加した。

比呂子の乳首も乳輪も、実に綺麗なピンクでツヤツヤと光沢があり、乱れた白衣の内側からは何とも甘ったるい汗の匂いが馥郁《ふくいく》と漂ってきた。

やはり一日中動き回っていたから、フェロモンが濃厚に籠もっているようだ。

史郎は彼女の左右の乳首を交互に含み、念入りにチロチロと舌で弾《はじ》くように舐《な》めては、顔中に密着する柔らかな膨らみの感触と温もりを味わった。

さらに白衣に潜《もぐ》り込んで、腋《わき》の下に鼻を押しつけて体臭を嗅ぐと、

「あん、駄目です、恥ずかしいから……」

比呂子が言って、お返しするようにペニスに指を這わせてきた。

柔らかな手のひらに包まれ、ペニスはムクムクと最大限に膨張していった。

「ああ……」

史郎は受け身になり、快感に喘いだ。

比呂子はニギニギと指を動かし、愛撫を繰り返しながら、徐々に彼の股間に顔を寄せてきた。

やがて先端にチロリと舌を這わせ、幹や側面を舐め、陰嚢《いんのう》にまでしゃぶり付いてくれた。

「く……！」

二つの睾丸《こうがん》を舌で転がされ、史郎は妖《あや》しい快感に呻いた。

袋全体が生温かな唾液にまみれると、比呂子は再び裏筋を舐め上げ、尿道口から滲んだ粘液をチロチロと舐め取ってから、今度は丸く開いた口でスッポリと喉《のど》の奥まで呑み込んできた。

美人ナースの口の中は温かく濡れ、幹が唇《くちびる》にキュッと締め付けられ、熱い息が股

間に籠もった。

内部ではクチュクチュと舌が蠢き、たちまち肉棒は美女の生温かな唾液にどっぷりと浸《つか》って震えた。

「ンン……」

比呂子は喉につかえるほど深々と含み、熱く鼻を鳴らし、上気した頬をすぼめて吸い付いた。

さらに顔を小刻みに上下させて、スポスポと濡れた口で強烈な摩擦を繰り返してくれたのだ。

枕元の薄明かりに照らされ、乱れた白衣でペニスにしゃぶりつく美人ナースを見ながら、史郎は激しく高まった。

もちろん、ここで果てたら勿体ないので、史郎は彼女の下半身を引き寄せた。

比呂子も肉棒に吸い付きながら、そろそろと身を反転させ、恥ずかしげに仰向けの彼の顔に跨《また》がってくれた。

裾をめくり上げると、白くムッチリとしたお尻が露《あらわ》になり、中心部が彼の鼻先に迫ってきた。

すでに割れ目からはみ出す陰唇《いんしん》が興奮に色づき、内から溢《あふ》れる愛液にヌメヌメと妖しい光沢を放っていた。

何という艶めかしい眺めだろう。

枕元に灯《あか》りがあるため、比呂子の割れ目からお尻の穴までが照らされ、余すところなく丸見えになっているのだ。

それは彼女も意識しているようで、白く丸いお尻が羞恥《しゅうち》にクネクネと蠢き、新たな蜜《みつ》がトロトロと溢れてきた。

その間も比呂子は喉の奥までペニスを呑み込み、熱い鼻息で陰嚢をくすぐりながら舌を蠢かせていた。

史郎は指を当て、濡れた陰唇をグイッと左右に開いた。

中もヌメヌメと潤う薄桃色の柔肉《やわにく》で、花弁状に細かな襞《ひだ》の入り組む膣口《ちつこう》が可憐《かれん》に息づいていた。

ポツンとした尿道口の小穴もはっきり見え、真珠色の光沢あるクリトリスはツンと突き立っていた。

もう我慢できず、史郎は比呂子の腰を抱き寄せ、割れ目にギュッと鼻と口を押しつけていったのだった。

感じる花芯《かしん》

「ンンッ……！」

比呂子が、亀頭《きとう》にしゃぶり付きながら熱く呻いた。

史郎は潜り込むようにして柔らかな恥毛《ちもう》に鼻を擦りつけ、隅々に籠もる甘ったるい汗の匂いを嗅ぎ、美人ナースの体臭にうっとりと酔いしれた。

割れ目を舐めはじめると、生ぬるく淡い酸味のあるヌメリが、舌の動きをヌラヌラと滑らかにさせた。

息づく膣口に舌を這わせ、突き立ったクリトリスを舐め回すと、

「ああッ……！」

吸い付いていた比呂子が堪《た》えられず、スポンと口を引き離して喘いだ。

なおも舌を蠢かせると、大量の愛液が泉のように湧き出し、ツツーッと糸を引いて史郎の顔に滴ってきた。

彼は口をつけてすすり、美人ナースの味と匂いをすっかり堪能しながら、なおも愛撫をせがむように幹をヒクヒクさせた。

するど比呂子も熱く息を弾ませながら再び亀頭にしゃぶり付き、しばし競い合うように最も感じる部分を舐め合った。

もちろん史郎は、占い師・由良子が言っていたTの字の愛撫を忘れず、割れ目内部でも舌先を横に動かし、真っ直ぐ下ろすという動きを続行した。

「アア……、も、もう駄目……」

やがて二人ともすっかり高まると、比呂子が果ててしまうのを拒むように股間を引き離してきた。

そして史郎が舌を引っ込めると、比呂子は自分から、仰向けになっている彼の身体の上を移動し、向こう向きになったまま騎乗位で跨がってきたのだ。

唾液に濡れた幹にそっと指を添え、愛液にまみれた割れ目を押し当て、位置を定めてゆっくり腰を沈み込ませた。

張りつめた亀頭が潜り込むと、あとはヌメリと重みでヌルヌルッと滑らかに根元まで呑み込まれていった。

「アアッ……、いいわ……」

比呂子がビクッと顔を仰《の》け反《ぞ》らせて喘ぎ、熱く濡れた膣内をキュッときつく締め付けてきた。

史郎も、心地よい肉襞の摩擦と温もりに包まれ、内部でヒクヒクと幹を震わせながら快感を嚙《か》み締めた。

まさか、このような形で美人ナースの後ろ姿を見て交わるなど、夢にも思わなかったものだ。

そして彼女と一つになりながら、いきなり誰かが入って来るのではないかというスリルと緊張が、ますます史郎の興奮を高めていった。

小刻みに股間を突き動かすと、

「ああ……」

比呂子は喘ぎながらクネクネと腰を動かしはじめた。

溢れる愛液が彼の陰嚢から内腿にまで伝い流れ、生温かく濡らしてきた。

史郎は、また由良子の言葉を思い出していた。

(窪みに落ちれば、至福の時が訪れるなり。落ちたあと引き寄せれば、至福やむことなし)

彼は座り込んでいる比呂子の腰に両手を伸ばし、引き寄せるように動かした。

さらに股間を左右に揺すると、内壁を満遍《まんべん》なく刺激された比呂子が、

「アア……、か、感じる……!」

声を上ずらせて喘いだ。

騎乗位は、上下運動よりも彼女の重みに任せて互いの股間を密着させ、前後左右に揺する方が効果的なのかも知れない、と史郎は思った。

史郎は股間を擦りつけつつ、もちろん内部ではペニスの先端でT字を描くように動かし続けた。

「あぁッ……、い、いきそう……」

比呂子も激しく身悶えながら口走り、やがて深々と繋《つな》がったまま、ゆっくりと身を反転させ、こちら向きになろうとした。

史郎は、彼女の美しい顔を見たいと思っていたから、実に良いタイミングであった。

振り向くとき、入ったままのペニスが捻《ひね》られるような快感に包まれた。

比呂子はゆっくり向き直り、ようやく本来の女性上位になった。

史郎はなおも股間を突き上げ、左右に揺すりながら動きを続けた。

愛液が溢れる

「お、お願い……、もっと突いて、奥まで強く……」

比呂子が声を上ずらせ、激しく股間を擦りつけてせがんだ。

史郎は腰を動かしながら、乱れた白衣で悶える美人ナースを見上げ、ジワジワと快感を高めていった。

そして両手を伸ばして抱き寄せると、比呂子もゆっくりと身を重ねてきた。

史郎は乱れた白衣に潜り込むようにして再び乳首に吸い付き、舐め回しながら、さっきよりも悩ましく濃くなった甘い匂いに酔いしれた。

チロチロと乳首を舌で刺激されるたび、比呂子の膣内がキュッキュッと心地よい収縮を繰り返した。

史郎は両の乳首を味わい、白衣の中に籠もったフェロモンを嗅ぎ、さらに首筋を舐め上げて、かぐわしい息が熱く洩れる口に迫っていった。

比呂子も上からピッタリと唇を重ね、ネットリと舌をからめてきた。

湿り気ある吐息の甘い匂いが鼻腔を刺激し、滑らかな舌が蠢くたび、生温かな唾液が注がれてきた。

史郎は美女の唾液と吐息に酔いしれながら両手でしがみつき、ズンズンとぶつけるように股間を突き上げ、左右に揺すり、奥でT字を描くように蠢かせた。

「い、いく……、アアーッ……！」

たちまち比呂子が、淫らに唾液の糸を引いて口を離し、ガクンガクンと絶頂の痙攣《けいれん》を開始した。

同時に膣内の収縮も最高潮になり、完全にオルガスムスに達したようだった。

史郎は何とか我慢し、さらに腰を動かして、身悶える比呂子を観察した。

いったんは波が通り過ぎてグッタリとなったが、動くうち、またすぐ比呂子は痙攣を再開させ、何度とない絶頂の波にたゆたいはじめたではないか。

「アア……、ま、またいきそう……、ああーッ……！」

比呂子が息を震わせ、全身を波打たせながら再び昇り詰めていった。

相当に欲求が溜まり、医者の彼を同僚のナースに取られてからは悶々《もんもん》とした時期を長く過ごしていたのだろう。

その反応は、実に貪欲《どんよく》だった。

何度となく絶頂を迎えた比呂子は、とうとう精根尽き果てたように力を抜き、荒い呼吸を繰り返した。

そして史郎もまた一週間ぶりの快楽に、ついに昇り詰めてしまった。

「う……！」

突き上がる快感に短く呻き、熱い大量のザーメンを勢いよくほとばしらせた。

溶けてしまいそうな快感に身を委ね、史郎は心置きなく最後の一滴まで出し尽くし、やがてグッタリと身を投げ出していった。

すっかり満足した史郎は力を抜き、比呂子の温もりに包まれ、熱く甘い息を間近に嗅ぎながら、うっとりと快感の余韻を嚙み締めたのだった。

入院中のストレスも、一気に解消できるほどの快感であった。

「ああ……、良かった……、こんなに感じたの、生まれて初めてです。中田さん、どうも有難う……」

比呂子が荒い息遣《いきづか》いとともに言い、

「いや、僕の方こそとっても良かったよ。有難う」

史郎も満足しながら答えた。

ようやく呼吸を整えた比呂子はノロノロと身を起こすと、ティッシュで割れ目を拭ってから手早く身繕《みづくろ》いをしてベッドを下り、乱れた髪を整えた。

そして史郎のペニスを丁寧に拭《ふ》き清めてくれ、下着とパジャマのズボンも整え、布団を掛けてくれた。

「明日退院なのが名残惜しいです」

「うん、僕も」

「良かったら連絡して下さいね」

比呂子は言い、そっと携帯の番号をメモして置き、灯りを消して病室を出て行ったのだった。

史郎は、またもや由良子の予言通りになったことに驚いていた。きっと次も、由良子は彼に良い予言をしてくれることだろう。

やがて史郎は、比呂子の匂いや感触を思い出しながら目を閉じたのだった。

美人妻の休日

公園のママ友たち

（うん、いい天気だ。読書しようか昼寝しようか……）

小春日和《こはるびより》の休日、史郎《しろう》は近所にある大きな公園に来て思った。ショルダーバッグには読みかけの文庫本が入っている。

公園の遊具では何人かの子供たちが遊び、それをママ友たちが遠巻きに眺めてはお喋《しゃべ》りに興じていた。

史郎は木陰にある芝生に腰を下ろし、本を出して開いた。

先日も占いの「鬼道館《きどうかん》」に行き、由良子《ゆらこ》からこのように言われたのだ。

「秋は読書に励みなさい。真東の方角にある広場で、いたずら天使が仲を取り持つでしょう」

それを思い出し、史郎は寝そべって読書に耽《ふけ》りはじめた。

風は冷たくなく、実に心地よい陽気だった。

読書に熱中し、たまに休憩して目を閉じ、また本を開いた。自分の世界に入ってしまうと、遊んでいる子供たちの声も耳に入らなくなっていた。

と、その時である。

史郎はいきなり膝《ひざ》に衝撃を感じて、自分の世界から現実に引き戻された。

驚いて起き上がると、三歳ばかりの子供が倒れて泣きはじめていた。

どうやら遊んでいた子供がボールを追いかけてきて転倒し、史郎の脚に頭をぶつけたらしい。

「よしよし、泣くな」

史郎は男の子を起こしてやり、宥《なだ》めるように言った。

「まあ、済みません……」

そこへ男の子の母親らしい女性が駆け寄り、史郎に言った。

「いいえ、怪我《けが》はないようですので」

「本当に、少しもじっとしていない子なので大変です」

彼女は、子供の膝に付いた草を払いながら言った。

母親が来て安心したように、子供もすぐに泣き止むと、またボールを追いかけに行ってしまった。

「なあに、私が子供の頃はもっとやんちゃでしたからね」

「そうですか。でも、こんなに子育てが大変だとは思いませんでした」

彼女がしゃがみ込んで言い、遊んでいる子供を眺めた。

「よかったら、お座りになって下さい。ここは温かいので」

「ええ……」

言うと、彼女も芝生に腰を下ろした。

二十代後半ぐらいか、初めての子供らしい。持っていたバッグから二本の水筒が覗《のぞ》き、すすむ、めぐみ、とそれぞれに子供の字で書かれていた。

どうやら彼女はめぐみというらしい。

セミロングの黒髪が艶《つや》やかで、横顔の鼻筋が実に形良く、睫《まつ》毛《げ》も長かった。服装は清楚《せいそ》で、胸の膨《ふく》らみもなかなか形良い、美人の若奥さんという感じだ。

風下にいるだけで、ふんわりと生ぬるく甘い彼女の匂《にお》いが感じられ、史郎は思わず股間《こかん》を疼《うず》かせてしまった。

（いたずら天使が仲を取り持つ……）

史郎は由良子の言葉を胸に甦《よみがえ》らせていた。

「あ、この作者の本、私も好きでよく読むんです」

と、彼女、めぐみは史郎が持っていた本を見て言った。

「そうですか。私は初めてですが、なかなか夢中になれますよね」

史郎が言うと彼女も話に乗ってきて、しばらくは子供を眺めながら小説の話で盛り上がった。

と、そのとき一陣の風が吹いて、めぐみの首筋に飛んできた芝生が付着した。

「失礼、草が……」

史郎は言って手を伸ばし、めぐみの首筋に付いた芝生を取ってやろうとした。

そのとき、また彼は由良子の言葉の続きを思い出したのである。

（細い筋には沿って押し流すべし。幾筋もの川を作り、下流に進むに従って強く分ければ、至福《しふく》のときが訪れるなり……）

史郎は、その通りに、髪に沿って指を這《は》わせてみたのだった。

感じる首筋

「あん……」

史郎が髪を撫《な》でながら、首筋の草を取ってあげると、めぐみが小さく声を洩《も》らし、ビクッと反応した。

「済みません。髪にからまってなかなか取りにくくて……」

史郎は言い、めぐみには向こうを向かせ、さらに髪に指を這わせた。

ここは木陰なので、他のママ友に見られることもない、格好の死角であった。

史郎は髪を掻《か》き分け、うなじの生え際から肩に向けて二本の指でそっと擦《こす》り下ろしていった。

あまり不自然にならないよう、耳の下から鎖骨にかけても、リンパ液を押し流すようにゆっくり指の腹で撫で下ろした。

「ああ……」

すると、めぐみは小さく声を洩らし、すっかりされるまま朦朧《もうろう》となってきたようだった。

風がそよぐたび、めぐみの甘ったるい匂いが濃くなってきたように感じられるのは、彼女も興奮を高めてきたのだろうか。

「あん……、何してるんですか……」

めぐみが、ビクリと肩をすくめて小さく言った。

「済みません。もう少しじっとしていて下さいね」

史郎は言い、思いきって左手で彼女の腰を押さえ、なおも髪とうなじ、耳のあたりから首筋をたどって鎖骨まで撫でてみた。

もう草は取れているが、めぐみもじっとし、いつしか熱く呼吸を弾《はず》ませはじめているではないか。

これはやはり、感じて興奮が高まっているのだろう。

子が出来てから亭主に放っておかれているのか、いや、それ以上に由良子の予言が当たっているのだろう。

「ああ……」

めぐみは身をくねらせ、切なげに溜息《ためいき》混じりの声を洩らした。

下流に進むに従い、徐々に強く、首筋からうなじ、肩から鎖骨へと指を流していくと、彼女は史郎の方に寄りかかるように身を預けてきた。

「アア……、やっぱり駄目……、変な気持ちになってしまって……」

めぐみが言うと、史郎はそっと周囲を窺《うかが》いながら、彼女の淫気《いんき》が高まったのを見計らい、ブラウスの豊かな胸にまで手を回してしまったのだ。

自分でも大胆さに驚くが、それだけ今まで由良子の予言が当たっているし、めぐみの反応も激しかったのである。

ママ友たちも遠くにいるし、この木陰は誰からも見られていない。

とうとう史郎は、彼女が寄りかかってくるのを抱き留めて顔を移動させ、自分の顔を寄せてしまった。

めぐみが、薄目で熱っぽい視線を彼に送ってきた。

形良い唇《くちびる》が僅《わず》かに開き、ヌラリと光沢のある白い歯並びが覗き、その間からは熱く湿り気ある息が洩れていた。

とうとう唇を重ねると、柔らかな感触とともに、花粉のように甘い息の匂いが鼻腔《びこう》を刺激してきた。

（ああ、若妻の匂い……）

史郎は激しい興奮に胸を高鳴らせ、子持ち人妻の吐息に酔いしれ、そろそろと舌を差し入れていった。

唇の内側の湿り気を舐《な》めてから、滑らかな歯並びを舌先で左右にたどり、ピンクの引き締まった歯茎まで味わうと、めぐみの歯も開かれた。

口の中は、さらに甘い芳香《ほうこう》が満ち、舌を差し入れると彼女もネットリとからみつかせてきた。

チロチロと舐め回すと、生温かくトロリとした唾液《だえき》のヌメリが感じられた。

史郎は激しく勃起《ぼっき》しながら執拗《しつよう》に舌をからみつけ、若妻の清らかな唾液と吐息を心ゆくまで貪《むさぼ》った。

もちろん周囲にも気を配り、誰にも見られぬよう注意した。

舌を吸いながら再びブラウスの胸にタッチすると、

「ああッ……」

めぐみが我に返ったように声を洩らし、淫《みだ》らに唾液の糸を引きながら口を離した。

二人だけの密室へ

「こ、困ります……、こんな場所で……」

めぐみはすっかり頬《ほほ》を上気《じょうき》させて言い、ママ友たちに見られやしなかったかと周囲を見回した。

「大丈夫です。誰も見ていません。それより、ここでは無理なので、出来れば場所を変えませんか？」

史郎は思いきって言ってみた。

「でも……」

「まだ昼過ぎですし、お子さんは誰かお友達に預けられませんか」

「実は、いつも公園で遊んでから、お友達の部屋でゲームすることになっているんです。その間に私はお買い物するので、少しなら預けられるのですが……」

めぐみも、すっかりその気になったように言い、史郎は顔を輝かせた。

「ならば、私は公園の出口で待っていますので、お友達に言ってきて下さい」

「……分かりました。では……」

史郎が言うと、めぐみも答えながら髪を直し、バッグからコンパクトを出して唇を確認した。

今のキスで薄化粧が乱れなかったか調べ、さすがに女らしい仕草に史郎は期待が高まってしまった。

やがて史郎は本をバッグにしまって立ち上がり、尻の芝生を払ってから、先に公園を出ていった。

出口で待ちながら様子を窺っていると、めぐみは平静を装い、ママ友に子供を託していた。そして子供に、

「じゃ進《すすむ》、いい子にしているのよ。あとで迎えに行きますからね」

そう言って、彼女は公園を出てきた。

「どこへ……？」

めぐみは史郎と合流するなり、すっかり期待を高めて言った。

「では、あそこへ」

史郎も、さっきから目星をつけていた駅前のホテルを指して言い、そちらへ向かって歩きはじめた。

するとめぐみも、ママ友の誰かに呼び止められるのを恐れるかのように、足早についてきた。

やがて二人は急いでホテルに入り、史郎も手早くチェックインした。

キイをもらってエレベーターに乗り、十階の部屋に入ってカチリとドアをロックすると、二人だけの密室になり、すぐにめぐみが身を寄せてきた。

まるで彼女は、誰からも見られない場所に来るのを心待ちにし、一気に火が点《つ》いた

ようだった。

もう会話など要らず、史郎は抱きすくめてもう一度長いディープキスを交わした。

「ンン……」

彼女も遠慮なく熱く鼻をならして史郎にしがみつき、ネットリと舌をからみつけては、彼の舌にチュッと吸い付いてきた。

まるで口と舌でセックスするような、ガツガツした激しいキスだった。

この淑《しと》やかそうで清楚な若妻が、熱く息を弾ませて男の舌を貪るのだから、相当に欲求が溜《た》まっていたのだろう。

史郎も痛いほど股間が突っ張り、やがて充分に美しい若妻の唾液と吐息を吸収してから、そっと口を離した。

そして彼が服を脱ぎはじめると、めぐみも背を向けて手早くブラウスのボタンを外しはじめた。

脱いでいくうちに、見る見る白く滑《なめ》らかな肌が露《あらわ》になってゆき、服の内に籠《こ》もっていた熱気が、生ぬるく甘ったるい匂いを含んでユラユラと漂ってきた。

いつものことながら、この会話もなく黙々と脱いで欲望を全開にしてゆく瞬間が史郎は好きだった。

今まで体験したことのないときめきを、ここ最近、由良子のおかげで堪能でき、本当に有難いと思った。

やがて史郎は先に全裸になって布団をめくり、ベッドに横になって待った。

たちまちめぐみも、ためらいなく最後の一枚を脱ぎ去り、一糸《いっし》まとわぬ姿になって添い寝してきた。

ブラウスの上からではなく、ナマで見る乳房は実に張りがあって形良く、史郎はむしゃぶりついていった。

自分でいじって

「アアッ……、いい気持ち……」

史郎が乳首に吸い付き舌で転がすと、めぐみは激しく身悶《みもだ》え、声を洩らした。

彼はのしかかり、左右の乳首を交互に含んで舐め回し、柔らかな膨らみの感触と、甘い肌の匂いに酔いしれた。

さらに腋《わき》の下にも顔を埋め込むと、ジットリ汗ばんだ窪《くぼ》みにも、ミルクのように甘ったるい体臭が濃厚に籠もり、史郎の鼻腔を心地よく満たしてきた。

「あん、駄目、くすぐったいです……」

めぐみが声を上げ、彼の顔を腋から引き離した。

「とっても感じやすいんですね」

「だって……、子供が出来てから、ずっとセックスレスだったもので……」

史郎が訊《き》くと、めぐみがモジモジと答えた。

「だからこっそり、オナニーばかりしていました……」

彼女の大胆な言葉に、史郎は興奮と興味を覚えた。

「どんなふうにするのです？」

「このように……」

訊くと、大胆にも彼女は言葉でなく、すぐに自分の右手を股間に這わせ、人差し指と中指の先で、クリトリスをいじりはじめた。

史郎も彼女の股を開かせて腹這い、美人妻のオナニーを近々と観察した。

興奮に色づいた形良い陰唇《いんしん》が蜜《みつ》にヌメヌメと潤い、指の腹が小さな円を描くようにクリトリスを擦るたび、さらに多くの愛液が溢《あふ》れてきた。

「アア……」

めぐみは見られながらのオナニーに喘《あえ》ぎ、下腹をヒクヒクと波打たせた。さらに指の動きに合わせて、クチュクチュと湿った音も聞こえてきた。

「ああ……、そんなに見ないで……」

めぐみは次第にリズミカルに指を動かしていき、史郎の熱い視線と息を股間に感じながら喘いだ。

「クリトリスが感じるのですか。中は？」

「エッチすれば中も感じます。でも一人でするときは、ここだけです……」

股間から訊くと、めぐみが息を弾ませて答えた。

見ているうち、史郎も我慢できなくなって顔を寄せていった。

そして割れ目にギュッと鼻と口を押しつけると、

「アアッ……！」

めぐみはビクッと顔を仰《の》け反《ぞ》らせて喘ぎ、あとは彼に任せるようにクリトリスから指を離した。

史郎は、濃くなく薄くなく、程よい範囲に茂った柔らかな恥毛《ちもう》に鼻を擦りつけ、熱気と湿り気を嗅《か》いだ。

甘ったるい汗の匂いが上品に籠もり、それにうっすらとした残尿臭と、大量の愛液による生臭い成分も悩ましく入り交じって、彼の鼻腔をくすぐってきた。

「いい匂い……」

「やん……！」

思わず言うと、めぐみは今さらながらシャワーを浴びていないことに気づいたように、羞恥《しゅうち》に声を上げ、ムッチリと白い内腿《うちもも》で彼の両頬《りょうほほ》を締め付けてきた。

史郎はクネクネともがく腰を抱え込んで押さえ、すっかり濡れている割れ目の内部に舌を差し入れていった。

息づく膣口《ちっこう》の襞《ひだ》を掻き回し、淡い酸味のヌメリをすすりながら、愛撫《あいぶ》に光沢を放ち、ツンと勃起したクリトリスまでゆっくり舐め上げた。

「アアッ……、いい気持ち……！」

めぐみが身を弓なりに反らせて喘ぎ、彼の顔を挟む内腿に、キュッと強い力を込めて悶えた。

やはり、自分の指よりも男の舌の方が数段気持ち良いのだろう。

史郎は、美人妻の悩ましい味と匂いを貪りながら、占い師・由良子の言葉を思い出した。

(強く分ければ至福が得られるなり。一筋ずつ中流で止めながら分ければ、至福やむことなし……)

史郎は恥毛を掻き分けるように鼻を擦りつけ、舌先でも陰唇《いんしん》の内側を舐めて途中で止めては、微妙なタッチでの愛撫を続けた。

巧みな舌戯

「も、もう駄目、いきそう……」

めぐみが降参したように言い、激しく腰をよじった。

それは、このまま快感を貪欲《どんよく》に求めるようであり、さらなる行為を望むような仕草でもあった。

確かに、クリトリスも良いが、中も充分に感じると言ったのだから、ここはやはり一方的に舌で奉仕するよりも、一つになって快楽を分かち合いたいと史郎は思った。

しかし、その前に自分も少し感じさせてもらいたかった。

やがて史郎は、もう一度めぐみの割れ目を舐め、若妻の味と匂いを堪能してから股間から離れて添い寝した。

「どうか、こんどは私にして下さい……」

仰向けになって言うと、めぐみは息を弾ませながら顔を上げ、彼の乳首にチュッと吸い付いてきた。

「ああ……」

史郎は妖《あや》しい感覚に喘いだ。

ここから愛撫するというのは、亭主が好む順序なのだろうか。

女性がする愛撫には、必ず男の影が見え隠れして興味深かった。

乳首への愛撫を最初に求めるとはなかなか乙《おつ》な男だが、やはりどんな美人でも毎日暮らすとセックスレスになってしまうのだろう。

めぐみは熱い息で彼の肌をくすぐり、チロチロと左右の乳首を舐め回し、音を立てて吸い、ときに軽く歯を立ててきた。

「あう……、もっと強く……」

思わず史郎が言うと、めぐみもキュッと力を込め、綺麗な歯で甘美な痛みと快感を与えてくれた。

左右とも充分に愛撫すると、さらにめぐみは舌先で彼の肌をたどり、股間に向けて下降していった。

生温かな唾液に濡れた舌先ばかりでなく、肌をサラリとくすぐる髪も心地よかった。

やがて彼の胸も腹も、ナメクジでも這い回ったような唾液の痕《あと》が縦横に印された。

愛液も多いが、めぐみは唾液の分泌も多く、実にジューシーで艶《なま》めかしかった。

史郎は大股開きになると、めぐみもその真ん中に陣取って腹這いになり、内腿を髪でくすぐりながら股間に顔を寄せてきた。

ペニスに熱い息がかかり、濡れた舌先が滑らかに先端に触れてきた。

尿道口から滲《にじ》む粘液を丁寧に舐め取り、張りつめた亀頭《きとう》を含んで吸い、スポンと引き離してから裏筋を舐め下り、陰嚢《いんのう》までしゃぶってくれた。

「アア……、気持ちいい……」

史郎は、若妻のきめ細やかな愛撫にうっとりと喘いだ。

彼女もまた、久々の男を隅々まで味わっているようだった。

めぐみは二つの睾丸《こうがん》を舌で転がし、それぞれをチュッと優しく吸い、袋全体を唾液に濡らしてから、再び舌先でペローリと肉棒の裏側を舐め上げてきた。

シルク感覚の舌が滑らかに先端に達すると、再び彼女は可憐《かれん》な口を丸く開いてスッポリと根元まで呑《の》み込んだ。

「ああ……」

完全に受け身になった史郎は、美人妻の温かく濡れた口の中で、ヒクヒクと幹を震わせて喘いだ。

めぐみも上品な口を精一杯開いて深々と頬張り、熱い鼻息で恥毛をそよがせながら、内部でクチュクチュと舌を蠢《うごめ》かせた。

そして上気した頬をすぼめて小刻みに吸い、たちまち史郎は急激に絶頂を迎えそうになった。

「ま、待って……、いきそうだから……」

史郎は懸命に暴発を堪《こら》え、降参するように言った。

すると、めぐみも口に出されるより一つになりたいのだろう。チュパッと軽やかな音を立てて口を離してくれた。

「どうか、上から……」

「私が上に？」

史郎が言うと、めぐみは訊き返しながら、興奮に任せて身を起こしてきた。

羞《は》じらいを見せながら恐る恐る彼の股間に跨《また》がり、幹に指を添え、自らの唾液にまみれた亀頭を割れ目に押し当てた。

そして息を詰めて位置を定め、久々の男を嚙《か》み締めるように、ゆっくりと腰を沈めてきたのだった。

何度も絶頂を

「ああッ……、いい……！」

ヌルヌルッと真下から受け入れると、めぐみが顔を仰け反らせて喘いだ。

史郎は、心地よい肉襞の摩擦と温もり、子を生んでいるのにきついほどの締まりの良さを味わった。

彼女も完全に座り込み、密着した股間をグリグリと擦りつけ、味わうようにキュッキュッと締め付けてきた。

史郎は彼女を抱き寄せ、温もりと重みを感じながら、小刻みにズンズンと股間を突き上げた。

「あうう……、もう駄目……」

めぐみもヒクヒクと肌を波打たせながら、突き上げに合わせて腰を遣《つか》い、声を上ずらせて言った。

「お願い、上になって下さい……」

彼女が言う。

どうやら正常位に慣れているようで、滅多に騎乗位はしないらしい。やはり普段の体位で昇り詰めたいのだろう。

そして彼女はそろそろと股間を引き離し、ごろりと仰向けになった。

入れ替わりに身を起こした史郎は、あらためて深々と挿入し、身を重ねていった。

「アアッ……！」

めぐみは喘ぎ、下から両手を回してしがみつき、今度は自分からズンズンと股間を突き上げてきた。

史郎も股間を擦りつけ、膣内のみならずクリトリスも擦るように動いた。

胸の下では柔らかな乳房が押し潰されて弾み、股間を押しつけるたびに柔らかな恥毛が擦れ合って、コリコリする恥骨《ちこつ》の膨らみも伝わってきた。

「い、いきそう……！」

めぐみが声を上ずらせ、大量の愛液を洩らしながら口走った。

生温かなヌメリに律動は滑らかになり、動くたび、クチュクチュと湿った摩擦音が響いて、互いの股間がビショビショになった。

そこで史郎は、また由良子の言葉を思い出し、流れを止めるように浅く突いては、いったん静止し、また徐々に動き、今度はズンと深く突いた。

「アア……、すごいわ……！」

めぐみは彼の背に爪まで立てて喘ぎ、腰をくねらせて乱れに乱れた。

すでに何度か、オルガスムスの波が押し寄せているのだろう。

史郎も懸命に堪えながら、浅く深くという焦《じ》らすようなリズムを続け、上から唇を重ねていった。

「ンンッ……！」

めぐみは熱く甘い息を弾ませ、潜《もぐ》り込んだ彼の舌にチュッと強く吸い付いてきた。

史郎は滑らかに蠢く舌を舐め回し、生温かくトロリとした唾液をすすった。そして湿り気ある花粉臭の息を嗅ぎながら、ジワジワと高まっていった。

そして浅く入れては止めるというリズムをくずし、ようやく自分の快楽のために本格的に腰を突き動かした。

「ま、またいく……、アアーッ……！」

めぐみは声を震わせ、何度となく押し寄せる絶頂の波にガクガクと腰を跳ね上げて身悶えた。

そしてひときわ大きなオルガスムスを迎えると同時に、熱く濡れた膣内の収縮も最高潮になった。

「も、もう駄目、死んじゃう……！」

めぐみは降参するように嫌々をし、何度も身を反らせて昇り詰めた。

「く……！」

とうとう史郎も大きな絶頂に達し、溶けてしまいそうな快感の中で、熱い大量のザーメンをドクンドクンと勢いよくほとばしらせたのだった。

充分に快感を味わい、徐々に動きを弱めていきながら史郎は、すっかり満足して力を抜いていった。

「アア……、こんなの初めて……」

めぐみも肌の強《こわ》ばりを解きながら、満足げに言った。

史郎は身を寄せ、美人妻の熱く甘い息を間近に嗅ぎながら、うっとりと快感の余韻を味わった。

めぐみは、日々の家庭のことから解放されて荒い呼吸を繰り返し、いつまでもヒクヒクと肌を震わせていた。

みだらな女部長

勝ち気な美女

「感じの良いバーですね。幹事は大変だったでしょう」

隣に座った冴子《さえこ》が史郎《しろう》に言ってくれ、彼も嬉しかった。

師走に入り、史郎の在籍する部署が取引先も招いて忘年会を開いたのだ。

その幹事役を引き受けることになってしまい、史郎は苦労して一次会と二次会の店を探したのである。

しかし一次会は決めたものの、良い二次会の場所が見つからず、そんなある夜、史郎は占い師、「鬼道館《きどうかん》」の由良子《ゆらこ》を訪ねた。

「一次会の場所より西へ歩みを進め、徒歩三分ほどのワインバーがよろしいのでは」

　すると由良子が、事も無げに言ったので、史郎は驚いた。

　一次会の場所すらまだ話していないのに、彼女がそう言うので、本当に千里眼が使えるのだろうと思ったほどだ。

　そして後日、一次会の会場周辺を歩いて探してみると、見事に品の良いワインバーがあったのである。

　入って聞いてみると、まだ貸し切りも大丈夫で、広さも人数に合ってちょうど良かったので、そこに決めてしまった。

　そして当日、無事に一次会を終え、みな程よく酔って良い気分になったところで、二次会のバーに来たのだった。

　さして歩かず着いたので、皆の評判も良かった。

　長テーブルの端に、史郎は冴子と並んで座り、彼女も会場に満足してくれたようで史郎もほっとしたところだった。

　彼女は結城《ゆうき》冴子、まだ四十前だが取引先の部長だった。

　一次会の帰りに声を掛けると、彼女はほろ酔いで何かと話してくれ、それで隣同士に座れたのである。

「こんな席だけれど、最近、おたくの部品の検査、ちょっと甘いんじゃないかしら。

うちもそうだけれど、若い社員は仕事が雑で、仕事より趣味の方が楽しみらしく、簡単に休みを取りたがりますよね」

二次会で落ち着くと、冴子が史郎に話しはじめた。

「はあ、厳重に監督しているつもりなのですが、申し訳ありません」

史郎は頭を下げて言った。いかに相手が年下の女性とはいえ、下請けとしては平身低頭謝るしかなかった。

冴子は気が強く、内外でも評判だった。

まだ独身で、嫁に行けず一生独身だろうとの、もっぱらの噂《うわさ》である。

確かに切れ長の目が勝ち気そうで、スラリとした鼻筋も冷徹な印象を受ける。しかしセミロングの黒髪が美しく、清楚《せいそ》なお洒落もセンスが良くて、とびきりの美人であった。

三十代後半だというのに、見た目は二十代に見えるかと思えるほどの若作りで、しかも派手な印象はない。

さらに冴子は、史郎の会社への不満や要望をズケズケと忌憚《きたん》なく口にした。

史郎は、ただ従容《しょうよう》と聞いているしかなかったが、他の連中のようにカラオケに興じたり、バカ話に大笑いするよりは、清楚な管理職の美女と囁《ささや》き合う方が心地よかった。

それに冴子の方からは、ほんのりと甘い匂《にお》いが漂っていた。

体臭か香水か、薄化粧の上品な香りが悩ましく鼻腔《びこう》を刺激してきた。

周りがやかましく、冴子は次第に彼に顔を寄せて話すので、ふとした拍子に感じる吐息も、ほんのりワインの香気《こうき》を含んで甘く胸に沁《し》み込んできた。

と、史郎は冴子の愚痴めいた話を聞きながら、先日、由良子が言った言葉を思い出していた。

(感情の起伏を山脈の凹凸《おうとつ》に見立て、なだらかにすべし。尾根に沿ってから、谷間に沿えば至福《しふく》のときが訪れるなり)

いつものことながら由良子の言葉は、比喩が多くて分かりにくかった。

とにかく史郎は、今しばらく冴子の言葉に耳を傾けることにした。

彼女も、聞き上手な史郎にばかり夢中で話しかけるようになっていた。

鎖骨が弱い？

「とにかく、今の仕事をするために自分は生まれてきたのだ、というような若者が減ったと思いませんか」

史郎から見れば彼女もまだ若いが、仕事一筋に生きている迫力は充分すぎるほど感じられた。

ただそれが、本当に仕事が好きなのか、結婚相手がいないので仕事に熱中しているのか分からなかった。

とにかく世の中には、いかに美女でも気が強すぎて敬遠されるタイプというのはあるのだろう。

「ええ、確かにそう思いますね」

「そうでしょう？」

史郎が頷《うなず》くと、冴子はさらに酔いが回ったのか、しなだれかかるようにピッタリと身体を密着させ、触れんばかりに顔を寄せて答えた。

他の人の手前もあるので、本来はそうしたくないのだが、史郎はそっと彼女の肩に触れて押しやった。

「ちょ、ちょっと近すぎませんか……」

「あ……！」

彼女の鎖骨あたりについタッチしてしまうと、冴子は小さく声を洩《も》らし、ビクリと反応して彼の手を振り払った。

「す、済みません……」

「いえ……、私もつい夢中になって話してしまいました……」

思わず謝ると、冴子も気分を害した風はなく、単に反射的に行動を起こしただけのようだった。

(もしかして、鎖骨が急所……？)

史郎は思い、また由良子の言葉を思い浮かべた。

(確かに彼女は、かなり感情の起伏が激しいようだ……)

「失礼、ネックレスがよじれています」

史郎は、人目に付かぬよう巧みに、さらに冴子の鎖骨の出っ張りをソフトになぞり、左右の鎖骨の間にある谷間にも、微妙なタッチで触れてみた。

やりにくそうに何度かネックレスと鎖骨に触れていると、その何度目かに、

「あん……」

冴子が、小さく声を洩らし、甘ったるい匂いが濃くなったように感じた。

駄目押しにもう一度触れ、

「済みません。直りました」

史郎が言って手を離すと、何やら欲望の火が点《つ》いてしまったように、冴子はすっかり熱っぽい眼差しになって彼を見つめてきたではないか。

それに急に言葉少なになったので、これは彼女と出来るかも知れない、と史郎は思ってしまった。

「あの……このあと二人でどこかへ行きませんか？」

「まあ、私を口説いてらっしゃるの？」

思わず彼が囁くと、冴子が驚いたように答えた。

「もちろんダメです」

「そうですね。済みませんでした」

彼女が言うと、史郎も少々ガッカリして答えた。

やがて予約していた時間があっという間に過ぎてしまい、史郎は立ち上がってお開きの挨拶をした。

みな拍手で幹事の労をねぎらってくれ、一同は解散となり順々に店を出て行った。

しかし史郎は、まだ名残惜しかった。せっかく女房には遅くなると言ってきたのだし、冴子だって、一瞬にしろ激しく感じたではないか。

だから店を出たところで、史郎はダメで元々と思いつつ、もう一度冴子に追いついて声を掛けてみた。

さいわい、勝ち気な彼女を送ろうとか誘おうという人はおらず、冴子は一人で駅の方に向かおうとしていたのである。

「あの、まだ早いですし、よろしければどこかへ」

「……そうね」

言うと、意外にも冴子が応じてくれたのである。

さっきは、社の人たちも多くいたので即答をためらったのだろうか。

史郎は期待に顔を輝かせ、ほろ酔いもいっぺんに吹き飛んで、急激に股間《こかん》が熱くなってきてしまった。

二人の「蜜室《みっしつ》」へ

「どこへ行きましょうか」

冴子が、思わせぶりに言うので、史郎は意表を突いた。

「では、まずはここへ」

彼は言って、冴子を誰も来ない暗い路地に誘い込んだ。

そして彼女を抱きすくめ、唇《くちびる》を重ねてしまった。

冴子も驚くほど素直に受け止めてくれ、長い睫毛《まつげ》を伏せながら彼にもたれかかってきた。

史郎は柔らかな唇の感触を味わい、湿り気ある甘い息を嗅《か》ぎながら勃起《ぼっき》した股間を押しつけた。

そろそろと舌を差し入れ、滑《なめ》らかな歯並びをたどると、すぐに冴子も歯を開いて受け入れ、ネットリと舌をからめてきた。

滑らかに蠢《うごめ》く舌は生温かな唾液《だえき》に濡れ、うっすらと甘く、何とも美味しかった。

そして史郎は執拗《しつよう》に舌を絡めながら彼女の髪を掻《か》き分け、ついでに再び首筋からうなじ、鎖骨の窪《くぼ》みにも微妙なタッチで指を這《は》わせていった。

「ンンッ……！」

冴子が熱く呻《うめ》き、反射的にチュッと強く彼の舌に吸い付いてきた。

なおも唇を重ねながら鎖骨を愛撫《あいぶ》すると、何と冴子も手を伸ばし、ズボンの上から強《こわ》ばりに触れてきたではないか。

恐らく、相当に欲望を溜《た》め込んできたのだろう。

長いディープキスを終え、ようやく唇を離すと、外の空気がひんやり感じられるほどだった。

それほど、冴子の熱く甘い息ばかり嗅いでいたのだ。

「キスなんかするの、久しぶりだわ……」

冴子が、とろんとした眼差しで史郎を見上げながら言う。

「彼氏は？」

「もう別れて二年か三年、あんまり前で覚えていないわ……。何だか膝《ひざ》が震えて立っていられないの。早くどこかへ……」

冴子が急《せ》かすように訴えかけるので、史郎は彼女の肩に手を回し、支えるようにしながら路地を出た。

もちろん社の連中は、誰一人残っていなかった。

そして史郎は、目星を付けていた駅裏のラブホテル街へと急いだ。

冴子も足早に従い、やがて一軒の建物に一緒に入っていった。

気が急く思いでパネルの部屋を選び、キイを受け取ってエレベーターに乗った。冴子は微《かす》かに呼吸を弾《はず》ませ、期待と興奮に包まれているようだった。

部屋に入ると、すぐに冴子が抱きついてきた。

史郎も激しく高まり、もう一度立ったまま熱烈に唇を重ねた。

甘い唾液と吐息を貪《むさぼ》り、彼は鎖骨ばかりでなく、ブラウスの胸の膨《ふく》らみにもタッチしていった。

「ク……」

冴子が呻き、チュッと強く彼の舌に吸い付いてきた。

豊かな膨らみは実に張りがあり、やわやわと揉《も》みしだくと、奥から熱い鼓動と躍動が伝わってきた。

すっかり美女の舌を堪能して唇を離すと、

「脱がせて……」

冴子がしがみついたまま、ベッドに腰掛けて言った。

酔っているためか力が抜け、思うように身体が動かないようだ。

史郎は彼女の上着を脱がせ、ブラウスのボタンももどかしげに外して引き脱がせた。

さらにブラの背中のホックを外すと、冴子がベッドに仰向けになった。

史郎も手早く服とズボンを脱ぎ散らかし、先に全裸になってから、彼女のスカートを脱がせ、下着ごとパンストを引きおろしていった。

薄皮を剝《む》くように、白く滑《なめ》らかな脚が露《あらわ》になり、たちまち冴子も一糸《いっし》まとわぬ姿になって身を投げ出した。

何という均整の取れた肢体だろう。

入浴する余裕もなく脱がせたので、内に籠《こ》もっていた熱気が、甘ったるい匂いを含んで悩ましく立ち昇った。史郎は添い寝して、夢中で彼女に迫っていった。

何でも命じて

「ま、待って……」

互いに全裸になり、史郎が愛撫を開始しようとすると、冴子が言って押しとどめてきた。史郎は、ここまで来て拒まれるのかと不安になった。

「どうしました？」

「あの、お願いがあります。私を、部下のように扱って、何でも命令してほしいのです」

冴子の言葉は意外なものだった。

日頃から管理職として重責を担っているから、ベッドでは支配される側に回りたいのかも知れない。

あるいは、普段は仕事上で突っ張っているが、本当は受け身体質なのか。それは史郎には、よく分からなかった。

「いいでしょう。じゃ私の言うとおりにしてもらいます」

史郎は言って仰向けになり、期待に胸を高鳴らせ、激しく勃起《ぼっき》したペニスをヒクヒクと震わせた。

「自分から乳首を含ませなさい」

「はい……」

言うと、冴子は素直に答え、彼に添い寝し腕枕してきた。そして豊かに弾《はず》む形良い膨らみを突き出し、色づいた乳首を彼の口に押しつけてきたのである。

史郎はチュッと吸い付き、すでにコリコリと硬くなっている乳首を舌で転がした。

「アア……!」

冴子はすぐにも熱く喘《あえ》ぎ、柔らかな膨らみをグイグイと彼の顔中に押しつけてきた。

史郎は密着する膨らみで心地よい窒息感に噎《む》せ返り、甘ったるく濃厚な肌の匂いに酔いしれた。

「もう片方も」

「は、はい……」

充分に味わってから言うと、また冴子は素直に返事をし、のしかかるようにしてもう片方の乳首を彼の口に含ませてきた。

胸の谷間がほんのり汗ばみ、腋《わき》の下からもミルクのように甘ったるい体臭が悩ましく漂ってきた。

史郎はそちらも心ゆくまで舐《な》め回し、軽く歯も当てて愛撫すると、

「アア……、感じる……」

冴子も声を上ずらせて喘ぎ、少しもじっとしていられないほど激しく悶《もだ》えはじめた。

甘ったるい体臭に混じり、冴子の熱く湿り気ある吐息の甘さも、心地よく鼻腔を刺激してきた。

史郎は、充分に美女の匂いを堪能し、乳首から口を離した。

「じゃ、次は私のこれを、お口で可愛がって下さい」

「はい……」

言うと、冴子も息を弾ませて答え、そろそろと彼の股間に顔を移動させていった。

幹に、しなやかな指がそっと触れ、彼女が屈み込むとセミロングの髪がサラリと下

腹部をくすぐった。

そして冴子がチロリと舌を伸ばして先端に触れ、尿道口から滲《にじ》む粘液を丁寧に舐め取ってくれた。

「ああ……」

史郎が快感に喘ぐと、さらに冴子は丸く口を開いてパクッと亀頭《きとう》を含み、さらにモグモグとたぐるように喉《のど》の奥まで深々と呑《の》み込んできた。

「く……」

生温かく濡れた美女の口腔に根元まで含まれ、史郎は思わず奥歯を嚙《か》み締めて暴発を堪《こら》えた。

冴子も熱い息を彼の股間に籠もらせ、夢中になって吸い付いてくれた。

濡れた唇で幹を丸く締め付け、内部ではクチュクチュと滑らかに舌が蠢いた。

たちまち彼自身は美女の温かく清らかな唾液に、どっぷりと浸り込んでヒクヒクと快感に震えた。

さらに彼女は貪るように、顔全体を小刻みに上下させ、スポスポと強烈な摩擦を開始してくれたのだ。

史郎は、まるで美女のかぐわしい口に全身が呑み込まれ、唾液にまみれ舌で転がされているような快感に見舞われた。

このままでは漏らしてしまうので、また彼は命じることにした。

四つん這《ば》いになって

「も、もういいです……。それでは、今度は私が」

史郎が言うと、冴子は名残惜しげにチュパッと口を引き離した。

「私の顔に跨《また》がって下さい」

「え……？　そんな、恥ずかしいわ……」

史郎の言葉に、冴子がビクリと身じろいで言った。

「下から舐めたいんです。さあ」

「は、はい……」

命令されて、冴子は激しい羞恥《しゅうち》に息を震わせながらも小さく頷き、そろそろと身を起こしてきた。

そして仰向けの彼の顔に恐る恐る跨がり、和式トイレのスタイルでしゃがみ込んでくれたのだ。

「アア……、恥ずかしいわ……、こんなことするの初めて……」

冴子が声を震わせて言い、とうとう彼の鼻先に股間を迫らせてきた。

しゃがみ込むと、白い脹《ふく》ら脛《はぎ》と内腿《うちもも》がムッチリと張りつめ、うっすらと透ける細かな血管まで艶《なま》めかしかった。

恥毛《ちもう》はそれほど濃くないが、下の方は愛液のシズクを宿していた。

割れ目からはみ出す陰唇《いんしん》が興奮に色づき、間から覗《のぞ》く柔肉《やわにく》もヌメヌメと大量の蜜《みつ》に潤っていた。

そっと指で開くと、花弁状に襞《ひだ》の入り組む膣口《ちつこう》が息づき、真珠色の光沢を放つクリトリスも、愛撫を待つようにツンと硬く突き立っていた。

「アアッ……、そんなに見ないで……」

史郎の熱い視線と息を真下から感じた冴子は喘ぎ、しゃがみ込んでいられなくなって彼の顔の左右に両膝を突いた。

同時に股間が、ギュッと彼の鼻と口に密着してきた。

史郎は柔らかな茂みに鼻を埋め込み、隅々に籠もった甘ったるい汗の匂いを胸いっぱいに嗅いだ。

そして舌を這わせると、淡い酸味のヌメリが生温かく迎えてくれた。

舌先で膣口をクチュクチュと掻き回し、滑らかな柔肉をたどってクリトリスまで舐め上げていくと、

「あぁッ……、き、気持ちいいッ……！」

冴子はビクッと顔を仰《の》け反《ぞ》らせて喘ぎ、さらにグイグイと割れ目を押しつけてきた。

史郎は顔中に重みと温もりを感じながら懸命に舌を這わせ、クリトリスに吸い付き、美女の悩ましい体臭と蜜を味わった。

やがて冴子も上体を起こしていられず、彼の顔の上に突っ伏して手足を縮めた。

史郎は執拗にクリトリスを愛撫しては、大洪水になってきた愛液を舐め取り、悩ましい匂いを貪った。

「も、もうダメ……、いきそう……」

冴子が降参するように声を絞り出し、とうとう自分から必死に股間を引き離して仰向けになっていった。

史郎は舌を引っ込め、ようやく股間から顔を離して身を起こした。

「い、入れて……、お願い……」

冴子が、息も絶えだえになって哀願した。

「じゃ、四つん這いになってお尻を突き出しなさい」

「はい……」

命じると、また彼女は素直に答え、うつ伏せになると白く豊かな尻を持ち上げ、こちらに突き出してきた。

史郎はその無防備な眺めに興奮しながら、膝を突いて股間を進め、バックから膣口に挿入していった。

ヌルヌルッと一気に根元まで押し込むと、何とも心地よい肉襞の摩擦が幹を包み、同時に彼の下腹部にキュッと尻の丸みが当たって弾んだ。

「ああーッ……！」

冴子が顔を伏せたまま激しく喘ぎ、クネクネと尻を動かした。

熱く濡れた内部は、まるで久々の男を味わうかのようにキュッキュッときつく締め付けてきた。

史郎は股間を押しつけ、温もりと感触をじっくり味わってから、徐々に腰を突き動かしはじめた。

さらに冴子の背に覆いかぶさり、両脇から回した手で乳房を揉みしだき、甘い匂いの髪に顔をうずめて動きを速めていった。

「感じすぎるわ……！」


「アア……、い、いきそう……」

冴子も腰を動かして口走り、溢《あふ》れる愛液が内腿にまで伝い流れた。

しかし史郎は、やはり最後は美しい顔を見たいので、いったん身を起こして体位を変えさせた。

「横向きになって……」

言うと、冴子もノロノロと動き、うつ伏せから横向きの体勢になっていった。

史郎は抜けないよう股間を押しつけながら、彼女の下の脚に跨がり、上の脚に両手でしがみついた。

そして松葉くずしの体位で、何度か腰を突き動かした。

股間が交差しているので密着感が高まり、吸い付くような快感があった。

「ああッ……、いい気持ち……」

「さあ、今度は仰向けに」

喘ぐ冴子に言いながら、また抜けないよう押しつけながら体位を変えさせていった。

脚を跨ぎ、何とか挿入したままバックから正常位へ持ってゆき、ようやく史郎は身を重ねた。

冴子は両手を回し、激しくしがみつきながらズンズンと股間を突き上げてきた。

史郎も本格的に律動を開始しながら、由良子の言葉を思い出した。

(谷間に沿えば至福のときが訪れるなり。尾根と谷間を交互になぞれば、至福止《や》むことなし……)

彼は早々と済んでしまうのが惜しくて、由良子の言葉に従うことにした。

充分に摩擦快感を味わってから、いきなりヌルッと引き抜いたのである。

「あん……」

快感を中断され、冴子が声を洩らした。

史郎は先端で小陰唇の尾根に沿い、ゆっくりと這わせた。

そして高まりを鎮《しず》めたが、彼女の方は新鮮な刺激になったようだ。

「アア……、どうか、焦《じ》らさないで……」

腰をくねらせてせがむので、史郎は左右の尾根を擦《こす》ってから、再びヌルヌルッと一気に貫いていった。

「あう……！」

冴子が身を弓なりにさせ、キュッと締め付けながら呻いた。

身を重ねてリズミカルに腰を遣《つか》い、さらに史郎は冴子に上から唇を重ねていった。

「ンンッ……！」

彼女が熱く呻き、差し入れた舌にチュッと強く吸い付いてきた。

史郎は甘い息を嗅ぎながら、滑らかに蠢く舌と生温かな唾液を味わい、やがて唇を離すと、彼女の首筋から鎖骨にかけて舌を這わせていった。

「ああッ……、ダメ、感じすぎるわ……！」

冴子はビクッと反応しながら喘ぎ、彼の背に爪まで立ててきた。

その間も腰の突き上げは続き、溢れた愛液が互いの股間をビショビショに濡らし、シーツにまで沁み込んでいった。

史郎は、彼女の左右の首筋と鎖骨を微妙なタッチで舐め、激しいピストン運動を繰り返した。

そして、またヌルッと引き抜いて亀頭《きとう》で陰唇をなぞって焦らしてから、再び深々と挿入していった。

「い、いく……、アアーッ……！」

とうとう何度目かの抽送《ちゆうそう》で、冴子が声を上ずらせて口走り、ガクンガクンと激しいオルガスムスの痙攣《けいれん》を開始してしまった。

愛液は粗相《そそう》したように大量に溢れ、腰の動きに合わせてクチュクチュと淫《みだ》らな摩擦音が響いた。

あとは声もなくヒクヒクと身を震わせながら、冴子は何度となく押し寄せる絶頂の波にたゆたうばかりだった。

そして史郎も、とうとう昇り詰め、溶けてしまいそうに大きなオルガスムスに全身を貫かれた。

「く……！」

突き上がる絶頂に呻き、熱い大量のザーメンをドクンドクンと勢いよく放ち、心ゆくまで快感を味わったのだった。

そして美女の温もりに包まれながら、熱く甘い息を嗅いで、うっとりと快感の余韻を噛み締めた。

「アア、良かったわ……」

冴子も満足げに呟《つぶや》いた。相当ストレスも溜まっていたのだろう。管理職も大変だなと感じ、史郎は、自分は昇進などしなくても良いと思ったものだった。

幼馴染みの肌

同窓会の帰りに

（いやあ、懐かしかった……）

史郎《しろう》は、久しぶりに同窓生の仲間たちと飲み、良い気分で町を歩いていた。

十二月に休みが取れたので、彼は妻の佳江《よしえ》や息子たちを連れて、北関東にある実家に帰っていたのだ。

そして約一年ぶりに老いた両親の顔を見て、少年時代を思い出していた。

そこで地元にいる仲間たちを誘い、一杯やっていたのである。

しかし地元で商店を開いている仲間たちは、みな明日の朝も早いので、一次会だけで解散となってしまった。

まあ、史郎が急に呼び出したので、遅くまで飲む調整もつかなかったのだろう。

史郎は親にも妻にも、今夜は遅くなると言ってきたので、まだ帰る気になれなかった。

それで高校生時代に仲間と過ごした商店街を、のんびり歩いていたのだった。

すると、近くのコンビニに入ろうとしている一人の女性を見かけた。

(どこかで……)

史郎はその顔立ちに見覚えがあり、あるいはと思って声をかけてみた。

「あの、もしかして、友紀《ゆき》ちゃん？」

「え……？」

彼女は戸惑った表情を浮かべたが、史郎の顔を見て、すぐに思い出したようだ。

「史郎さん……？」

「うん、久しぶりだね」

「わあ、本当に史郎さんだわ。何年ぶりかしら……」

彼女、友紀は顔を輝かせて答えた。

確か史郎より七歳年下だから、もう四十代半ばになっていよう。

家が近所だったから、高校生だった史郎は何かと、小学生だった友紀と遊んでやったり勉強を見てやったりしたものだった。

幼い頃は活発でやんちゃなところのある子だったが、今はすっかり色白の美熟女になっているではないか。

見ると、どうも彼女はほろ酔いの感じであった。

「夕食は済んだ？」

「ええ、お友達と軽く一杯飲みながら。あとは明日の食材を買って帰るだけです」

「そう、僕も高校時代の仲間と飲んだ帰りなんだ。まだ早いから、良ければどこかに入らない？」

史郎が言うと、友紀も気軽に応じ、近くの居酒屋に入ることにした。

「へえ、こんな店が出来たんだね」

史郎は、席に案内されながら言った。

昨今は地元でも、騒がしい店よりも、こうして落ち着ける居酒屋が増えているようだった。

とにかく二人で乾杯し、色々と昔話に花を咲かせた。

史郎も、たまに地元に帰って友紀と顔を合わせると挨拶ぐらいしていたが、やがて彼女は引っ越してしまい、こうして落ち着いて会うまでに二十年余り経っていた。

といっても友紀は、それほど遠くに越したわけではなく、相変わらずこの地元周辺が生活圏になっているようだった。

ただ親の介護を長くしていたこともあって、今も独身とのことである。その親も去年亡くなり、今は一人で暮らし、地元の保険会社で働いているそうだ。

(綺麗だ。胸も大きいし、そのくせ少女時代の可憐《かれん》な面影も残している……)

史郎は話しながら、すっかり熟《う》れて艶《なま》めかしく成長した友紀を観察して思った。

ショートカットで目が大きく、鼻筋も唇《くちびる》も実に形良かった。

居酒屋はビルの五階にあり、窓から夜景が見られるように、席が隣同士に並んでいた。

だから彼は、友紀の横顔と、ガラスに映る顔を交互に見ながら話した。

「史郎さんに会えて良かったわ。今日はお友達と夕食だけで解散したから、もっと飲みたい気分だったの」

「そう、僕と同じだ」

史郎は答え、偶然幼馴染みに会えた喜びを嚙《か》み締めた。

やがて友紀がトイレに立ち、少し経って戻ってきた。そのとき彼女はよろけて、史郎の方にもたれかかってきたのだった。

徐々にその気に

「あ、ごめんなさい……」

友紀が言い、史郎の肩に摑《つか》まったので、彼は思わず支えた。

生ぬるい風とともに、ほんのりと友紀の湿り気ある吐息が鼻をくすぐった。それは白粉花《おしろいばな》のように甘い刺激を含み、刺激が股間《こかん》に伝わってきてしまった。

「疲れているんじゃないかい？」

史郎は言い、隣に座った友紀の背中に手を当てた。

だいぶ硬く、凝《こ》っているようだった。

「ええ、ここのところ忙しかったから……」

友紀は答えながらも、触れられるまま史郎に身を任せる体勢を見せた。

そのとき史郎は、帰省する前に「鬼道館《きどうかん》」に寄り、占い師の由良子《ゆらこ》に言われた言葉を思い出していた。

（懐かしい仲間たちと会った帰り道、さらに数十年ぶりの再会あり。折を見て、丸く長きものにて三回弱く、一回強く押しながら苦労を昇華すべし。肩の荷が下りた頃、

至福《しふく》のときが訪れるなり）

史郎は、あるいは背中のことかも知れないと思い、丸い拳《こぶし》で彼女の背中をそっと圧迫してやった。

三回弱く、次に強めに押しつけると、

「ああ……」

最初は戸惑いがちだった友紀も、小さく声を洩《も》らした。

確かその辺りには、肩井《けんせい》という、冷え性を緩和したり、血流を良くするツボがあったはずだ。

史郎は肩の真ん中を両手で押し、弱く三回、強く一回を繰り返した。

「何だか、楽になってきたみたい……」

友紀は気持ち良さそうに言い、ほろ酔いも手伝ってか、次第に緊張や身体の硬さが取れてゆき、気分もリラックスしはじめたようだった。

「アア……、こんなふうに優しく触れられるなんて、何年ぶりかしら……」

「お付き合いしている人は？」

友紀が、彼に背中を預けながら言う。

「今は誰もいないわ……」

「そう」

友紀の答えに、さらに史郎は肩井を圧迫しながら色々訊《き》いてみた。

もちろん今までに何人かの交際相手はいただろうが、何しろ彼女は親のことがあったため、どれも長続きしなかったようだ。

それにしても、これほどの美女が独り身とは何とも勿体《もったい》なかった。

やがて史郎は、充分に背中をマッサージしながら、そっと顔を寄せ、ふんわりした髪に鼻を触れさせた。

甘いリンスの香りが鼻をくすぐり、そのまま彼は友紀の脇《わき》からそろそろと手を回し、豊かな胸にタッチしようとした。

「あん、駄目よ、何しているの……」

「ごめんよ。でも、せっかく会えたんだから、これからどこかへ行かない？」

「どこかって……？」

「二人きりになれる場所へ」

「駄目よ、奥さんが待っているでしょう」

「今日は夜中に帰ると言ってきたから、構わず寝てしまうよ」

史郎は背後から囁《ささや》きながら、彼女の腕が緩んだ隙《すき》に、とうとう手を回してバストにタッチした。

「あ……」

友紀が小さく声を洩らし、ビクリと身を強《こわ》ばらせた。

それでも、両の膨《ふく》らみを優しく揉《も》みしだくと、次第に彼女も、史郎の方にもたれかかってきた。

由良子の言った通り、肩の荷を下ろさせ、背中の疲れを癒《い》やすと、至福のときが訪れそうだった。

史郎はすっかりその気になって股間を熱くさせ、後ろから彼女の髪に鼻を擦《こす》りつけて香りを嗅《か》ぎ、次第に微妙なタッチで乳房を揉んでは指先で乳首のありかを探った。

「アア……」

友紀が熱く喘《あえ》ぎ、振り返るように顔を向けてきた。

史郎も顔を寄せ、胸を揉みながらそっと唇を重ねた。

友紀は目を閉じ、うっとりと熱く甘い息を弾《はず》ませた。史郎も、心ゆくまで柔らかな唇の感触を味わった。

すると、友紀がそっと口を離し、身体ごとこちらに向き直ってきた。

「まさか、史郎さんとキスする日が来るなんて夢にも……」

「うん、僕もだよ。ね、もう一度……」

史郎は言いながら、再び唇を重ね、今度はそろそろと舌を差し入れていった。

熟れ肌の匂《にお》い

「ク……、ンン……」

史郎が舌を入れ、滑《なめ》らかな歯並びを舐《な》めると、友紀も小さく呻《うめ》きながら口を開き、舌を触れ合わせてきた。

友紀の口の中は、アルコールの香気の混じった甘い匂いが濃く満ち、史郎は滑らかに蠢《うごめ》く彼女の舌を舐め回し、チロチロと執拗《しつよう》にからみつけた。

友紀もネットリと蠢かせ、生温かく清らかな唾液を送り込んでくれた。

史郎は美女の唾液で舌を濡らし、熱く甘い息を嗅ぎながら、勃起《ぼっき》したペニスを痛いほど突っ張らせた。

まさか、幼馴染みと何十年ぶりに懇《ねんご》ろになるなど、彼女同様、夢にも思っていなかったが、ここまでくれば、もうお互い最後まで行くしかないだろう。

長いディープキスを終えて、ようやく唇を離すと、室内の空気がひんやり感じられるほどだった。それほど長く、美女の熱い息だけを吸っていたのだろう。

友紀は、とろんとした眼差しになって、色っぽい薄目で彼を見つめていた。

「じゃ、出ようか。もう今夜はお酒も充分でしょう」

「ええ……」

今度は彼女も素直に頷《うなず》き、やがて二人は席を立った。

支払いを終えて居酒屋のビルを出ると、史郎は駅裏のラブホテルに彼女を誘った。

地元に昔からあるラブホテルだが、入るのは初めてだ。まさかそこへ、友紀と入ることになるとは、人生とは分からないものだと思った。

友紀も、もうすっかり覚悟を決めて言葉少なになり、その気になったようにためらいなく中に入った。

手早く部屋のパネルのボタンを押してフロントでキイを受け取り、エレベーターでまた五階まで上がった。

密室に入ると、史郎はバスルームの湯を張り、急いでトイレと歯磨きを済ませて部屋に戻った。

すると友紀は、上着だけ脱いだ姿のままベッドに横になっていた。

もちろん眠ってはいない。

また胸にタッチすると、

「ああ……」

すぐにも熱く喘ぎ、艶めかしく身をくねらせてきたのだ。

最初は友紀も羞恥《しゅうち》とためらいを見せたが、いざ密室に入ってしまうと、長く溜《た》まりに溜まった欲求が全開になってしまったのかも知れない。

「脱がせて……」

彼女が小さく言い、史郎はブラウスのボタンを外しはじめた。

左右に開いて上体を起こし、ブラウスを脱がせ、ブラのホックを外して取り去り、再び横たえた。

今までブラウスの内に籠《こ》もっていた女の匂いが、生ぬるく漂った。

思っていたとおり、乳房は形良く豊かで、乳首も乳輪も、少女のように初々しい薄桃色をしていた。

さらにスカートの脇ホックを外して脱がせ、パンストとショーツも、そろそろと引き脱がせていった。

薄皮を剝《む》くように、白く滑らかな脚が露《あらわ》になり、たちまち友紀は一糸《いっし》まとわぬ姿になった。

熟れた女体の観察は後回しにし、史郎も手早く服を脱いで全裸になり、友紀に添い寝していった。

「綺麗だよ、とっても」

「いや……、もっと暗くして……」

囁くと、友紀がか細く言った。

史郎は枕元のパネルで光量を絞ったが、もちろん充分に観察できる明るさは保った。

あらためて唇を重ね、ネットリと舌をからめながら胸の膨らみに触れた。

やはり居酒屋とは違い、密室でのキスは実に濃厚だった。


感じる背中を……


「ああ……、何だか、夢の中にいるみたい」

唇を離すと、友紀がうっとりと息を弾《はず》ませて言った。

史郎も夢見心地で、彼女の首筋を舐め下り、ツンと勃起した乳首にチュッと吸い付いていった。

「アッ……！」

友紀が熱く喘ぎ、横向きになって彼の顔を胸に抱きすくめてきた。

史郎は柔らかな膨らみに顔中を埋め込み、ほのかな体臭と艶めかしい感触を味わいながら舌で乳首を転がした。

そして手を回し、指先でまた彼女の滑らかな背中を撫《な》で、肩井のツボを執拗に刺激し続けた。

「き、気持ちいい……」

友紀が身をくねらせて言い、史郎も微妙なタッチで指先を這《は》わせ、もう片方の乳首も含んで舐め回した。

次第に彼女はじっとしていられないように身悶《みもだ》え、とうとう仰向けになってしまったので、史郎も背中から手を引き抜き、さらに白い肌を舐め下りていった。

愛らしい縦長の臍《へそ》を舐め、張りのある下腹をたどり、とうとう友紀を大股開きにさせると、史郎は彼女の股間に割り込んで顔を迫らせた。

白くムッチリとした内腿《うちもも》を舐め上げると、股間から発する熱気と湿り気が顔中を包み込んできた。

ふっくらした丘に茂る恥毛《ちもう》は黒々と艶《つや》があり、肉づきの良い割れ目からはみ出す陰《いん》唇《しん》は興奮に色づいて、ヌラヌラと熱い蜜《みつ》が溢《あふ》れていた。

幼い頃からよく知っている友紀の、すっかり熟れた果肉を見ているのが、実に不思議な気がした。

「そ、そんなに見ないで……」

友紀が羞恥に身を震わせ、ヒクヒクと下腹を波打たせながら言った。

史郎は指先で陰唇を開き、襞《ひだ》の入り組む膣口《ちつこう》と、真珠色の光沢を放つクリトリスを観察し、吸い寄せられるようにギュッと顔を埋め込んでいった。

柔らかな茂みに鼻を擦りつけると、隅々に籠もった生ぬるく甘ったるい汗の匂いが、悩ましく鼻腔《びこう》を掻《か》き回してきた。

舌を這わせると、淡い酸味のヌメリが動きを滑らかにし、彼は息づく膣口からクリトリスまで、味わいながらゆっくりと舐め上げていった。

「ああッ……！」

友紀がビクッと顔を仰《の》け反《ぞ》らせ、内腿でキュッときつく史郎の両頬《りようほほ》を締め付けながら喘いだ。

彼はもがく腰を抱え込んで押さえながら、執拗にチロチロとクリトリスを舐めては、新たに湧き出す愛液をすすった。

幼い彼女と遊んでいた頃は、まさか後年このような行為をするなどとは思わず、史郎は感無量だった。

さらに上の歯で包皮《ほうひ》を剝き、完全に露出した突起に吸い付いた。

「アア……、駄目、感じすぎるわ……！」

友紀は声を上ずらせて喘ぎ、ガクガクと股間を跳ね上げた。

「い、いきそう……、止めて、お願い……」

やがて彼女は身をよじって言い、とうとう彼の顔を股間から追い出してしまった。

やはり舌だけで早々と果ててしまうより、一つになりたいのだろう。

史郎も這い出して添い寝したが、彼もまたすぐ終えてしまうのは惜しかった。

「今度は友紀ちゃんがして……」

仰向けになって言い、友紀の顔を胸に抱き寄せると、彼女は素直に史郎の乳首に舌を這わせてくれた。

「嚙んで……」

「大丈夫……？」

思わず強い刺激を欲して言うと、友紀も少女時代のようにあどけない表情で聞き返し、すぐに綺麗な前歯でキュッと乳首を嚙んでくれた。

「ああ、いい気持ち、もっと強く……」

史郎は熱い息に肌をくすぐられ、甘美な刺激に身悶えながら喘いだ。

友紀も、彼の両の乳首を交互に舐めては吸い、キュッキュッと歯を立てて強烈な愛《あい》撫《ぶ》を繰り返してくれた。

やがて彼女は口を離し、史郎の股間まで這い下りていった。

濃厚な舌遣《したづか》いで

「ああ……、気持ちいいよ、友紀ちゃん……」

先端をしゃぶられ、史郎はうっとりと喘ぎながら言った。

友紀も、大股開きになった彼の股間に腹這い、舌を這わせてくれた。

滑らかに蠢く舌先が尿道口をくすぐり、滲《にじ》む粘液を舐め取りながら、やがてパクッと亀《き》頭《とう》が含まれた。

さらに友紀は、スッポリと喉《のど》の奥まで深々と肉棒を呑《の》み込み、熱い鼻息で恥毛をくすぐってきた。

上気《じょうき》した頬《ほほ》をすぼめて吸い付き、唾液《だえき》に濡れた唇が幹の付け根を丸く締め付け、内部ではクチュクチュと舌が蠢いた。

「アア……、いい……」

史郎は喘ぎ、友紀の口の中で、清らかな唾液に生温かくまみれたペニスをヒクヒクと震わせた。

彼女は念入りに舌を絡め、チューッと吸い付きながらスポンと口を引き離した。

そして陰嚢《いんのう》に顔を押しつけて舌を這わせ、二つの睾丸《こうがん》を転がし、袋全体も唾液にまみれさせた。

充分に舐めてから、友紀は再び亀頭を含み、硬度を確認し、唾液のヌメリを補充するとすぐに口を離した。

「入れて、上から」

「私が跨《また》ぐの……？」

史郎が言うと、友紀は答えながら恐る恐る彼の股間に跨がってきた。

自らの唾液に濡れたペニスに指を添え、先端を割れ目に押しつけ、位置を定めた。

そして感触を味わうように息を詰め、ゆっくりと腰を沈み込ませてきた。

張りつめた亀頭が潜《もぐ》り込むと、あとはヌメリと重みに任せ、ヌルヌルッと一気に座り込んだ。

「アアッ……！」

友紀がビクッと顔を仰け反らせて喘ぎ、股間を密着させてきた。

史郎は肉襞の摩擦と熱いほどの温もりに包まれ、キュッときつく締め付けられながら快感を嚙み締めた。

友紀が、上体を起こしていられないようにすぐに覆いかぶさり、身を重ねてきた。

史郎も両手を回して抱き留め、また彼女の背中に指を這わせながら、ズンズンと小刻みに股間を突き上げた。

「あう……、き、気持ちいい……！」

友紀がキュッと締め付けながら呻き、突き上げに合わせて腰を遣《つか》いはじめた。

粗相《そそう》したかと思えるほど、大量に溢れる愛液が律動を滑らかにさせ、互いの股間をビショビショにさせた。

動きに合わせ、クチュクチュと淫《みだ》らに湿った摩擦音も響いてきた。

史郎は左手で友紀の背中を刺激し、右手は彼女と手を握り合った。

そういえば彼が高校生の頃も、小学生だった友紀が何かと手を繫《つな》いできたものだ。

史郎は手のひらを指先でくすぐったり、指の間を刺激したりしながら、やがて指を絡めて握り合った。

「もっと強く……」

と、友紀が言って強く握り返してきた。あるいは彼女も、手を繋いだ記憶を甦《よみがえ》らせているのかも知れない。

そして何かと指を蠢かすので、普段触れない指の間も心地よいのだろうと史郎は思った。

そして彼は股間を突き上げ、指を絡めて高まりながら、下から唇を求めた。

友紀も上からピッタリと唇を重ね、ネットリと舌を絡めてきた。

史郎は、美女の唾液と吐息に酔いしれ、滑らかに蠢く舌の感触と、生温かな唾液を堪能した。

「ンンッ……！」

友紀が熱く鼻を鳴らし、甘い刺激の息を弾ませた。

「も、もう駄目……、力が抜けて……」

友紀が唾液の糸を引いて口を離し、熱く囁いた。

「僕が上になろうか」

「ええ……」

囁くと友紀が答え、そろそろと股間を引き離してきた。

そして彼女が仰向けになって身を投げ出したので、史郎も入れ替わりに起き上がり、再び正常位で深々と挿入していった。

果てなき快楽

「ああ……、いいわ、史郎さん……」

根元まで押し込むと、友紀が身を反らせて喘いだ。

史郎が温もりと感触を味わいながら身を重ねると、友紀も両手を回し、しっかりとしがみついてきた。

そこで史郎は高まりの中で、占い師・由良子の言った言葉を思い出していた。

(肩の荷が下りた頃、至福のときが訪れるなり。全てが許される佳境《かきょう》、三回浅く一回深く押し引きすれば、至福止《や》むこと無し……)

その言葉通り、史郎は焦《じ》らすように三回浅く律動した。

良く締まる入り口付近の襞が心地よく亀頭と幹を擦り、そしてズンと一回深く突き入れると、

「あう……！」

友紀が呻き、応えるようにキュッときつく締め付けてきた。

史郎はそれを繰り返し、たまに屈み込んで乳首を吸い、ときには腋《わき》の下にも顔を埋め込み、友紀の甘ったるい体臭に噎《む》せ返りながら高まった。

「アア……、い、いきそう……」

友紀が、何度もビクッと身を弓なりに反らせて口走った。

三回浅く、一回深いピストン運動を続けるうち、友紀はガクガクと腰を跳ね上げ、上ずった喘ぎ声を洩らしはじめた。

「い、いっちゃう……、すごいわ……、アアーッ……!」

とうとう友紀がガクンガクンと狂おしい痙攣《けいれん》を開始した。

それは、まるでブリッジするかのような勢いと激しさで、あの可憐《かれん》で幼かった友紀のオルガスムスの凄《すさ》まじさに、史郎は目を見張る思いだった。

膣内の収縮も高まり、もう史郎は焦らす余裕もなく、激しく股間をぶつけるように動いてしまった。

「アア……、もっと強く、奥まで……」

友紀が口走り、彼を乗せたまま腰を跳ね上げた。まるで暴れ馬にでもしがみつく思いで、史郎にも快楽の渦《うず》が迫ってきた。

そして甘い息の洩れる友紀の口に鼻を押しつけ、悩ましい匂いで胸を満たしながら昇り詰めてしまった。

「く……！」

突き上がる絶頂の快感に呻き、彼は熱い大量のザーメンをドクンドクンと勢いよくほとばしらせてしまったのだった。

「あうう……、またいく……！」

友紀は、何度となく快楽の波が押し寄せてくるように、狂おしいオルガスムスを繰り返した。

史郎は心置きなく快感を貪《むさぼ》り、最後の一滴まで出し切って力を抜いた。

「アア……」

友紀も満足げに声を洩らし、徐々に熟れ肌の強ばりを解き、グッタリと四肢を投げ出していった。

彼は添い寝しながら荒く息を弾ませ、友紀の熱く甘い息を嗅ぎながら、うっとりと余韻を味わった。

「とうとう、史郎さんとしちゃったわ……」

友紀が、吐息混じりに囁いた。

「うん……」

「私、今まで何度も、史郎さんとすることを考えていたの……」

友紀が言う。

恐らく思春期で好奇心の芽生えた頃、当然のように最も身近だった史郎を思っていたのだろう。

「僕を思ってオナニーしちゃった？」

訊いてみると、友紀が頷いた。

「ええ、何度か……」

言われて、史郎はまたピクンとペニスが震えてしまった。

「早く言ってくれれば良かったのに」

「だって、その頃は私も引っ越して、史郎さんと顔を合わせなくなってしまったし……」

「そう、でもこうして会えたんだから」

「ええ……」

言うと友紀は小さく答え、また甘えるように身を寄せ、手を握ってきた。史郎は、可憐な少女時代の友紀を思い出しながら、目の前にいる美しく熟れた友紀を見つめ、感慨に耽《ふけ》ったのだった。

スキー場の女子大生

雪のような肌

「うわ……、済みません……」

史郎《しろう》は、慣れないスキー靴のため、ゲレンデのレストランで転倒してしまった。

今回は、会社の仲間と土曜に泊まりがけで、信州のスキー場に来ていたのだ。

駅を下りるとゲレンデが迫り、スキー用具のレンタルもすぐ近くにあった。

そして彼は朝早くから久々にスキーを楽しみ、少し張り切りすぎて足腰を痛めて、遅めの昼食を取るためにに入ったレストランで転んでしまったのだった。

何とも不様《ぶざま》で、すぐ起き上がろうとしたが、一人の女性店員が駆け寄って抱き起こしてくれた。

見れば、雪のように色白で長い黒髪が艶《つや》やかな、少々華奢《きやしや》な感じのする細面《ほそおもて》の美女ではないか。

女子大生らしい二十歳ぐらいのバイトで、胸の名札には『白瀬《しらせ》美雪《みゆき》』とあった。

「大丈夫ですか」

「え、ええ、どうも有難う。何ともお恥ずかしい……」

史郎は助け起こされながら、ふんわりと漂う甘いリンスの香りと、美雪のほのかに甘酸っぱい吐息を感じ、思わず胸が高鳴ってしまった。

彼の手を握る美雪の手のひらは柔らかく、細くしなやかな指が心地よかった。

ようやく起き上がって史郎が椅子に座ると、また美雪は忙しそうに厨房《ちゆうぼう》の方へと行ってしまった。

気を取り直して昼食を取り、史郎たち一行は、またスキーをした。史郎も、もう無理をせずにそろそろと滑り、やがてホテルに戻った。一風呂浴びて夕食を済ませ、少しバーで飲んでから各部屋へと解散になった。

ふと、史郎は人気《ひとけ》のないロビーの片隅で、昼間会った美雪を見かけた。

彼は近づき、昼間の礼を言った。

「スキー場のレストランではどうも有難う」

「あ、あのときの」

美雪もすぐ思い出してくれたようで、笑顔で答えた。

「ホテルでも仕事を？」

「ええ、冬休みの間は近くにアパートを借りて、スキー場とホテルの両方でバイトをかけもちしているんです」

「そう、大変だね」

「ええ、でも今日の仕事は終わりで、少し休憩したら帰ります」

「ちょっと座らないかい？」

「ええ……」

史郎が言ってソファに座ると、美雪も頷《うなず》いて隣に腰を下ろそうとした。

するとそ、その拍子に彼女はフラリとよろけて、史郎の方へと、もたれかかってきたではないか。

「あ……」

史郎は思わず両手を伸ばして支え、ちょうど横抱きにする形になった。まさにお姫様だっこである。

「大丈夫？　だいぶ疲れているんじゃないかな？」

「す、済みません……、ちょっと立ちくらみが……」

「いいよ、構わないから、このまま少し休んでいなさい」

美雪は恐縮して言ったが、すぐには起き上がれないようなので、史郎もしばしソファにかけたまま、彼女を横抱きにしてじっとしていた。

幸い、その場所は観葉植物があってフロントからは死角だし、ロビーには他の客もいなかった。

それにしても、昼間は助けてもらい、夜は助ける側になるとは、きっと縁があるのだろうと思った。

美雪も何となく心地よいようで、史郎に体重を預けながら力を抜いていた。

彼は温もりと重みを感じながら、また美雪の果実臭の吐息と、ほのかな汗の匂《にお》いに鼻腔《びこう》をくすぐられ、思わず股間《こかん》を熱くさせてしまった。

と、そのとき史郎は、スキー場に来る前に寄った占いの館「鬼道館《きどうかん》」での、由良子《ゆらこ》の言葉を思い出していた。


腋《わき》の甘い匂いに……

（極寒の地にて二度見かける美貌は、脇が甘い。指でもなく口でもなく、鼻を利かせるべし。頭を押しながら吹きかけ吸い込むと、至福《しふく》のときが訪れるなり……）

由良子の言葉はいつも訳が分からないが、史郎は、美雪の脇が甘いのかと思い、横抱きしたまま、そっと彼女の腋の下に鼻を埋め込んでしまった。

彼女の腋はほんのり生ぬるく湿り気を帯び、嗅《か》ぐと何とも甘ったるい、ミルクのような汗の匂いが濃厚に籠《こ》もって、彼の鼻腔を掻《か》き回してきた。

史郎は女子大生のナマの体臭に酔いしれながら、さらに鼻を擦《こす》りつけると、

「いや……！」

美雪は激しくビクリと身を硬くして、声を洩《も》らした。

くすぐったがり屋の子はかなり感度も良いと言うが、美雪は、腋の下は相当に弱いようだった。

史郎は美雪の腋の湿り気を嗅ぎ、さらに頬《ほほ》に当たる乳房の柔らかな感触まで堪能してしまった。

ほっそりして見えたが、案外に胸の膨《ふく》らみは豊かで、うねうねと悶《もだ》える肢体も実にしなやかだった。

史郎が彼女の腋を思いきり嗅ぐたびに、当然ながら同時に吐く息も、彼女の腋を温

かく刺激していた。

それを感じるたび、美雪はビクリと肌を震わせて反応した。

「ど、どうか、もう止《や》めて下さい……」

美雪は、場所柄をわきまえ、我に返ったように言った。

ようやく史郎も、胸いっぱいに女子大生の体臭を満たして、美雪の腋の下から顔を引き離した。

「良ければ、あなたの部屋まで送っていきましょう」

「いえ、大丈夫です……」

言うと、美雪は遠慮がちに小さくかぶりを振って答えた。

「どうか、そうさせてください」

史郎は美雪の顔を近々と覗《のぞ》き込むようにしながら囁《ささや》き、とうとう欲望に負けて吸い寄せられ、そのままピッタリと唇《くちびる》を重ねてしまったのだ。

明らかに感じはじめた彼女の反応を見て、もう拒まれることもないだろうと踏んだのである。

「ク……」

美雪は、驚いたように小さく呻《うめ》き、それでも長い睫毛《まつげ》を伏せて、彼のキスを受け入れてくれた。

由良子の予言が、またしても当たったようだ。

美雪の熱く湿り気のある、甘酸っぱい息が史郎の鼻腔を刺激し、柔らかな唇が心地よく密着した。

そっと舌を挿《さ》し入れ、滑《なめ》らかな歯並びを舐《な》め回すと、美雪も歯を開いて侵入を許してくれた。

彼女の口の中は、さらに濃厚な果実臭が可愛らしく籠もり、史郎は女子大生のエキスを吸い取りながら、ネットリと舌をからみつかせた。

チロチロと滑らかに蠢《うごめ》く可憐《かれん》な舌は、生温かくトロリとした唾液《だえき》に濡れ、何とも美味しかった。

「ンン……」

美雪も熱く鼻を鳴らし、チュッと強く彼の舌に吸い付いてきた。

史郎は、美雪のかぐわしい吐息を嗅ぎながら、清らかな唾液をすすり、同時に指で脇腹を撫《な》で上げ、腋の下にも愛撫《あいぶ》をしはじめていった。

「ああ……、もうダメです、ここでは……」

美雪が唇を離し、糸を引く唾液をチロリと舐めて、困ったように言った。

「じゃ、行きましょう」

史郎が言って立ち上がると、今度は美雪も素直にソファから起き上がって、一緒にホテルを出ることにした。

正面玄関前に停《と》まっていたタクシーに二人で乗り込み、あとは美雪の案内でアパートまで走った。

車を降りると、美雪は艶《なま》めかしい白い息を弾《はず》ませ、もどかしげにキイを出してドアを開けた。

中に入ると、すでに暖かくなっているので、彼女は帰りの時間に合わせてエアコンのタイマーを入れていたようだ。

灯《あか》りを点《つ》けると、中はキッチンと六畳間だけだ。

部屋には布団が敷かれたままになっており、女子大生の若々しい匂いが甘ったるく籠もっていた。

史郎は、期待にムクムクと勃起《ぼっき》してきた。

激しく求めて

「さあ、脱いで休むといいですよ」

史郎は言い、彼女を布団に座らせ、ブラウスのボタンを外しはじめた。

美雪も素直にされるままになり、やがて彼はブラウスを脱がせ、背中のホックも外してブラを取り去り、上半身を裸にしてから彼女を仰向けにさせた。

そしてスカートを脱がせ、中にあるパンストも下着ごと引き下ろすと、薄皮を剝《む》くように白く滑らかな脚が艶めかしく露《あらわ》になっていった。

部屋がすでに暖かいのは幸いだった。

たちまち全裸にされても、さすがに疲れもあるためか、美雪は身を投げ出したままだ。

もちろん好奇心や欲望もあるようで、彼女の形良く豊かな乳房は期待に妖《あや》しく息づいていた。

史郎も手早く服を脱いで全裸になり、美雪に添い寝していった。

彼女の腕を差し上げ、スベスベの腋の下にとうとう直接顔を埋め込むと、ほんのり生ぬるく湿った窪《くぼ》みは、甘ったるい汗の匂いが濃厚に籠もっていた。

史郎は、女子大生の体臭に酔いしれながら鼻を擦りつけ、さらに舌も這《は》わせた。

「ああッ……！」

美雪が、ビクッと激しく身を震わせた。喘《あえ》ぎ声も、もうホテルのロビーではないので、遠慮なく発していた。

「ここ、弱いの?」

「ええ、くすぐったくて……、それに、息が感じます……」

訊《き》くと、美雪は正直に答えた。

「こう?」

史郎は再び腋の窪みに鼻を埋め込み、嗅ぎながら擦りつけた。

甘ったるいミルク臭を嗅ぐたび、吐く息が彼女の腋を刺激した。

「アア……、もっと……」

美雪がクネクネと身悶えて声を上ずらせ、いつしかしっかりと彼の顔を腋に抱え込んでいた。

舌を這わせても、剃《そ》り跡のざらつきもなく実に滑らかだった。

史郎は充分に女子大生の体臭を嗅いでから、もう片方の腋にも顔を埋め、新鮮な匂いで胸を満たした。

充分に鼻の頭を擦りつけながら、そろそろと肌を撫で回し、指を美雪の股間《こかん》に迫らせていった。

ムッチリとした内腿《うちもも》を撫で上げ、割れ目を探ると、何とそこはすっかり愛液が大洪水になっているではないか。

相当に感じやすく、そして欲求も溜《た》まりに溜まっていたようだ。

史郎は激しく勃起しながら、美雪の両の腋の下を充分に愛撫し、もう一度上からピッタリと唇を重ねていった。

「ンンッ……」

美雪が熱く鼻を鳴らし、下から両手で激しくしがみついてきた。

舌の絡め方も、ロビーでしたときとは比べものにならないほど激しく、貪《むさぼ》るようだった。

史郎は美しい女子大生の唾液と吐息に酔いしれながら、なおも指先で微妙に割れ目を探っていた。

柔らかな恥毛《ちもう》を掻き分け、陰唇《いんしん》を撫で、そっと間に差し入れるとヌルッとした柔肉《やわにく》のヌメリに触れた。

息づく膣口《ちつこう》を探り、さらにツンと突き立ったクリトリスを、愛液にまみれた指先で撫で上げると、

「あぁッ……！」

美雪が口を離し、ビクッと顔を仰《の》け反《ぞ》らせて喘いだ。

そして内腿でムッチリと彼の指を挟み、早々と昇り詰めてしまうのを惜しむように嫌々をした。

史郎も、ようやく彼女の股間から指を引き離し、再び甘い匂いの籠もる腋の下に顔を埋め込んでいった。

バイトのかけもちで、朝からずっと働きづめだったから、その匂いは濃く、いくら嗅いでも彼は飽きなかった。

そして史郎は、充分に美雪の腋の下を鼻の頭で圧迫してから、目の前で息づく、ピンクの乳首へと顔を移動させていったのだった。

吐息の刺激で

「あぁッ……、き、気持ちいい……」

史郎が初々しい色合いの乳首にチュッと吸い付き、舌で転がすと、美雪が生ぬるく甘い匂いを揺らめかせて喘いだ。

彼も熱を込めて本格的な愛撫を開始し、執拗《しつよう》に舌を這わせては、柔らかな膨らみに顔中を押しつけ、その感触を味わった。

しかし彼女は、舌よりも肌をくすぐる吐息の方に感じているようだった。

どうやら強い愛撫よりも、触れるか触れないかという微妙でソフトなタッチの方が好みなのだろう。

だから史郎は、強烈に舐め回すのではなく、軽く触れながら吐息での刺激を重点的に行なった。

「ああ……、どうか、もっと息を……」

思った通り、美雪が声を上ずらせてせがんできた。

史郎も、左右の乳首を充分に愛撫してから、白く滑らかな柔肌《やわはだ》をゆっくりと舐め下りていった。

舌で触れるのは軽く、むしろ息を吹きかけながら、焦《じ》らすように胸から腹部に這い下りてゆき、愛らしい縦長のオヘソから、張りのある下腹へと移動していった。

舌先でチロチロと舐め、行きつ戻りつ息をかけて股間に向かった。

美雪は腰をよじり、ヒクヒクと柔肌を波打たせながら荒い呼吸を繰り返した。

やがて彼は美雪を大股開きにさせ、その真ん中に腹這い、今度は白くムッチリとした内腿を舐め上げていった。

太腿の付け根に近づくと、股間から発する熱気と湿り気が顔を包み込み、彼女の割れ目から溢《あふ》れた愛液が内腿との間で糸を引いていた。

相当に感じているようで、指でそっと陰唇を開くと、中は大量の蜜《みつ》でヌルヌルになっていた。

恥毛は薄い方で、奥では花弁状に襞《ひだ》の入り組む膣口が息づき、真珠色の光沢を放つクリトリスも、包皮を押し上げるようにツンと突き立っていた。

史郎は、左右の内腿を充分に舐め、頬ずりして女子大生の感触を堪能してから、やがて中心部に顔を埋め込んでいった。

柔らかな恥毛に鼻を擦りつけると、腋の下に似た、甘ったるい汗の匂いが濃厚に籠もっていた。

しかし下の方へ行くにつれ、うっすらとした残尿臭や、大量の愛液による生臭い成分も入り交じり、史郎は女子大生の生の体臭に陶然となった。

茂みの隅々に籠もる匂いを貪り、舌を這わせはじめると、トロリとした淡い酸味の潤いに触れた。

陰唇の内側を味わい、柔肉をたどり、収縮する膣口もクチュクチュと掻き回してヌメリをすすった。

「アア……、息が、熱いわ……」

美雪が、顔を仰け反らせて喘いだ。

ここでも、恥毛に籠もる彼の息に感じているようだ。

チロリとクリトリスを舐めると、

「あう……！」

美雪がビクリと反応して呻き、内腿でキュッときつく彼の両頬《りょうほほ》を挟み付けてきた。

史郎は上唇で包皮を剥《む》き、完全に露出したクリトリスを優しく吸い、舌先でチロチロと弾くように舐め上げた。

しかし、そっと息を吹きかけると、

「ああッ……！」

美雪は、舌での愛撫以上に上ずった喘ぎ声を洩らしたのだ。

史郎は溢れる蜜をすすっては軽くクリトリスを舐め回し、微妙なタッチで息をかけた。

「も、もうダメ……、いきそう……」

美雪が声を震わせて身悶え、降参するように言った。

そして、彼の顔を股間から追い出すように腰をよじった。

やはりここで果てるよりは、一つになりたいようだった。

史郎は顔を上げて股間から這い出し、添い寝して仰向けになっていった。

舌先が蠢く

「ね、入れる前に、今度は僕にしてみて」

史郎が言うと、美雪も呼吸を整えながら、素直に身を起こしてくれた。

そして最初に、彼の胸に屈み込み、乳首を吸ってくれた。

「ああ……」

美しい女子大生の愛撫を受け、史郎はうっとりと喘いだ。

美雪は舌先でチロチロと彼の左右の乳首を舐めてくれた。

なるほど、肌をくすぐる熱い息が心地よかった。しかし史郎は、微妙なタッチよりも強烈な方が感じるのだ。

「噛《か》んで……」

言うと、美雪は彼の乳首を、白く綺麗な前歯でキュッと挟んでくれた。

「あう……、もっと強く……」

せがむと、それでも彼女は控えめな力でコリコリと噛んでくれた。

史郎は甘美な痛み混じりの快感に喘ぎ、激しく勃起したペニスをヒクヒク震わせた。

そして美雪は、左右の乳首を愛撫してから、愛らしい唇をすぼめて、フーッと軽く息を吐きかけながら、胸から腹へと移動していったのだ。

どうやら、こうした愛撫を彼女は望んでいたようだ。

確かに心地よく、くすぐったい感覚も刺激的だった。

やがて美雪は、自分がされたように彼を大股開きにし、その間に腹這い、股間に顔を寄せてきた。

するとまず、彼女は史郎の陰嚢《いんのう》にフーッと息をかけながら左右に移動し、くすぐってきたのだ。

「ああ……」

これはなかなかに感じる愛撫だった。

たまにヌラリと舌が這い、二つの睾丸《こうがん》を転がしてくれた。

さらに優しく吸い付き、袋全体を清らかな唾液に生温かく濡らした。その間も、彼女の鼻息がペニスの裏側を、艶めかしくくすぐっていた。

史郎が、愛撫を待つように幹をヒクヒク上下させると、ようやく美雪も舌先でツツーッと裏筋を舐め上げてくれた。

先端に達すると、今度は吐息でフーッと裏側をたどってきた。唾液に濡れた部分に息がかかるとひんやりして、これも実に妖しい快感だった。

そして美雪は舌先でチロチロと尿道口を舐め回し、滲《にじ》む粘液をすすってから、張りつめた亀頭《きとう》を含んできた。

「ああ……」

史郎は快感に喘ぎ、美雪も大胆に根元まで深々と呑《の》み込んでくれた。

温かく濡れた口の中で舌が蠢き、史郎も清らかな唾液にまみれた幹を快感に震わせた。

美雪は付け根を口で丸く締め付けて吸い、熱い鼻息で恥毛をそよがせた。

さらに彼女は顔全体を上下させ、濡れた口で小刻みにスポスポと摩擦してくれた。

お行儀の悪い音を無邪気に立ててしゃぶられると、どうにも高まってしまい、今度は史郎が降参する番だった。

「も、もういい……、いっちゃいそうだ」

言うと、美雪はチュパッと軽やかな音を立てて口を引き離してくれた。

そして彼が身を起こすと、美雪も入れ替わりに再び仰向けになった。

史郎は屈み込み、もう一度だけ彼女の割れ目に顔を埋め、女子大生の体臭を貪り、柔肉に舌を這わせた。

しかし、確認の必要がないほど、そこは新たな愛液で大洪水になっていた。

すぐに身を起こして股間を進め、美雪の唾液に濡れたペニスを構えて先端を押し当てていった。

「アア……」

割れ目に触れると、美雪が期待と興奮に熱く喘いだ。

史郎も息を詰めながらヌメリを与えるように亀頭を擦りつけ、やがて位置を定めてゆっくり挿入した。

張りつめた亀頭が潜《もぐ》り込むと、あとは大量のヌメリに助けられ、ヌルヌルッと滑らかに根元まで吸い込まれていった。

「ああッ……！」

美雪が顔を仰け反らせて喘ぎ、史郎も肉襞の摩擦と熱いほどの温もり、きつい締め付けに包まれながら深々と貫いた。

そして股間を密着させ、温もりと感触をじっくりと味わってから、身を重ねていったのだった。

熱き息遣《いきづか》い

「アア……、いい気持ち……」

男と交わるのは久々らしい美雪が言い、下から両手を回してしがみついてきた。

史郎も遠慮なく肌を密着させ、彼女の肩に腕を回してのしかかり、シッカリと抱きすくめた。

胸の下では張りのある乳房が押し潰されて弾み、膣内でも息づくような収縮が彼自身を締め付けた。

史郎は、動くとすぐ終わってしまいそうなので勿体《もったい》なく思い、まだ動かず、彼女の髪に顔を埋めて甘い匂いを嗅いだ。

そして髪を掻き分け、ひんやりした耳に熱い息を吐きかけた。

「ああ……、それいいわ、もっと……」

美雪がビクッと反応し、声を上ずらせて言った。

史郎は彼女の耳たぶを含んで吸い、耳の穴にも舌を挿《さ》し入れながら、息を吐きかけた。

耳だけでなく、首筋も吐息によって刺激された美雪が身悶え、さらに熱い愛液を漏らしてきた。

史郎が左右の耳を温めるように息をかけると、とうとう待ちきれなくなったように、美雪の方からズンズンと股間を突き上げてきたのだった。

史郎も下からの突き上げに合わせて腰を動かしながら、由良子が言った言葉を思い出していた。

（吹きかけ吸い込むと、至福のときが訪れるなり。正対して口を合わせ、吐息を交換すれば至福止《や》むことなし……）

史郎はその言葉通り、唇を重ね、ネットリと舌をからめて生温かな唾液を味わってから、まるで人工呼吸するように美雪に息を吹き込んでみた。

「ンン……」

美雪がすぐ反応し、熱く鼻を鳴らして吸い込んだ。

そして史郎が息を出し切って、今度は吸い込みはじめると、美雪も生温かく甘酸っぱい果実臭の吐息を、口移しに吐き出してくれたのだ。

美人女子大生の、果実臭の息が胸いっぱいに満ち、その心地よい刺激がペニスを奮い立たせた。

何度か吹き込んでは吸い込むうち、美雪はぼうっと上気《じょうき》した顔で喘ぎ、すっかり高まったように艶めかしく熱っぽい眼差しで彼を見上げた。

史郎が股間をぶつけるように突き動かすと、熱い愛液が律動を滑らかにさせ、クチュクチュと淫《みだ》らに湿った摩擦音が、肌のぶつかる音に混じって響いた。

「い、いっちゃう……、あぁーッ……！」

とうとう美雪が声を上ずらせ、身を弓なりに反らせて硬直した。

そして膣内の収縮を最高潮にしたかと思うと、ガクンガクンと狂おしい絶頂の痙攣《けいれん》を起こしはじめたのだった。

激しいオルガスムスの波に身悶え、美雪は彼を乗せたままブリッジするように、何度も激しく腰を跳ね上げた。

その勢いに巻き込まれ、続いて史郎も大きな快感に包み込まれてしまった。

「く……！」

突き上がる絶頂に呻き、ありったけの熱いザーメンをドクンドクンと勢いよくほとばしらせた。

美雪はすっかり満足したように肌の硬直を解き、いつしかグッタリと身を投げ出し、荒い息遣いを繰り返した。

史郎ももたれかかって温もりを感じ、彼女の喘ぐ口に鼻を押しつけ、甘酸っぱい息を胸いっぱいに嗅ぎながら、うっとりと快感の余韻を噛み締めた。

「すごく、感じちゃいました……」

美雪が薄目で彼を見上げて囁き、まだ波が治まらないのか、思い出したようにビクッと柔肌を何度か震わせた。

史郎は呼吸を整えながら、この極寒の地で温もりを感じ、熱い関係が持てたことを嬉しく思った。

（一緒にスキーをしに来た仲間たちは、僕が部屋にいないから心配しているかも知れないな……）

そうは思ったが、史郎もすっかり堪能したので、すぐには動きたくなかった。

そして年始早々、深い感動に浸《ひた》ったのだった……。

美人トレーナーの匂《にお》い

しなやかな指で……


「操作の仕方が分かりませんか？」

「ええ、教えてください」

フィットネスクラブへ来ていた史郎《しろう》が、健康器具の使い方を迷っていると、トレーナーの女性が声をかけてくれた。

今日が初日である。

史郎は年末年始でだいぶ太ってしまい、妻の佳江《よしえ》からも、

「痩《や》せるまで食事とお酒は制限するわ！」

と叱られてしまったのだ。

そこで本気でダイエットする気になり、会社からの帰り道にあるフィットネスクラブに入会したのだった。

会員は、やはり中年メタボの男性が多かった。

使い方を真似しようと思い、史郎は同じ器具を操作している人がいないか見回したが、割に空いていたので見つからず、一人で試行錯誤していたのである。

最近のデジタル器具は、トレーニングの時間や鍛《きた》える筋肉の部位を選定したり、なかなか慣れるまでは面倒そうだった。

来てくれた女性トレーナーは、まだ三十前だろう。小柄で小顔、ジャージに包まれた肉体は引き締まっていそうだが、整った顔立ちと口元が可憐《かれん》だった。

胸の名札を見ると、『小野夕香《おのゆうか》』と書かれていた。

「分かりました。どうも有難う」

彼女に教わりながら、史郎も自転車こぎや背筋、胸筋《きょうきん》などを鍛える器具を順々に使っていった。

人が少ないこともあり、夕香は何かと初心者の史郎の面倒を見てくれた。

夕香は明るい笑顔が魅力で、ずっと動き回っているため、ほんのりと生ぬるく甘ったるい匂いが漂い、史郎は思わず股間《こかん》を熱くさせてしまった。

ましてや器具の操作方法を、懇切丁寧に肩越しに教えてくれるときなどは、湿り気ある甘酸っぱい吐息まで感じることが出来たのだった。

次第に史郎は、痩せるための運動などより夕香のことばかり気になってしまった。

それでも各器具をこなすうち、彼は全身汗まみれになってきた。

やがて史郎は、部屋の隅にある腹筋用のマットに横たわった。

しかし、そのとき腹筋用の器具に思わず手を挟んでしまったのだ。

「いたたた……！」

つい声を上げると、すぐにも夕香が飛んできてくれた。

「大丈夫ですか」

「え、ええ……、ちょっとここに挟んでしまったもので……」

史郎は痛みを堪《こら》えて言い、指に少し器具の痕《あと》が印されてしまったが、大したことはないようだった。

すると夕香が手のひらに包み込み、彼の指をさすってくれた。

実際には、鬱血《うっけつ》を癒《い》やすため咄嗟《とっさ》にマッサージしてくれたのだろうが、史郎は痛みよりも彼女の手の柔らかさにうっとりとなってしまった。

史郎はしなやかな指の動きと温もりを感じながら、先日寄った占いの館「鬼道館《きどうかん》」

での占い師・由良子《ゆらこ》の言葉を思い出していた。

(全身を動かす部屋で、汗に濡れることあれば、美しき指に着目しなさい。大きな股を強く押し、小さな股を弱く押せば、至福《しふく》のときが訪れるなり……)

史郎は、それはまさに夕香の指であろうと思った。大きな股とは、親指と人差し指の間、つまり合谷《ごうこく》というツボだ。

彼は夕香の手を握り、親指の腹で彼女の指の股を強めに圧迫してみた。

「え……」

驚いた夕香が小さく声を洩《も》らし、ビクリと手を震わせた。

しかし彼女が手を引っ込めようとしなかったのは、またしても由良子の予言が当たったということなのだろうか……。

そこで史郎は、彼女の他の指の股を弱めに押し、強弱の圧迫を繰り返した。

この場所は器具や観葉植物の陰になり、まして人も少ないから他人から見られることもなかった。

胸を高鳴らせながら、史郎は夕香の指の股を押し、揉《も》みほぐしていったのだった。

柔らかな唇《くちびる》

「何だか、私がマッサージされていますね。指は大丈夫ですか？」

夕香は笑って言ったが、やはり手を引っ込めようとはしなかった。

「済みません。僕の指がちゃんと動くかどうか試させて下さい」

史郎は言い、なおも彼女の指の股を強く弱く指圧した。

「お上手ですね……」

夕香も、次第にうっとりしてきたように溜息《ためいき》をついて言った。

「ええ、よく母に教わりました。合谷や液門《えきもん》などのツボを」

史郎は答えながら指圧を続け、夕香のかぐわしい吐息に酔いしれ、思わず吸い寄せられるように顔を迫らせてしまった。

「駄目ですよ……」

夕香は小さく言い、幼児の悪戯《いたずら》でも叱るようにメッと睨《にら》み付けた。

「す、済みません。つい……」

史郎は謝りながらも、この人なら、少々のことをしても大事にはならず、たしなめるか受け入れるか、どちらにしろ明るい対応をしてくれるような気がしてきた。

握られたり揉まれたりしても、手を差し出したままでいるのがその証拠だった。

そこで史郎は両手を使い、包み込むようにして夕香の指の股を揉み、彼女がさらにうっとりするのを確認した。

そして周囲を気にしながら、もう一回、そっと顔を寄せた。

何と今度は、夕香も避けることなく、彼のキスを受け止めてくれたではないか。

まさか来たばかりのフィットネスクラブで、しかもトレーニング中に唇を奪えるとは思わず、これも由良子の不思議な力のお蔭《かげ》に違いない。

柔らかな唇が密着すると、夕香は長い睫《まつげ》毛をそっと伏せた。

感触と唾液《だえき》の湿り気を感じ、夕香の果実臭の息をうっとり嗅《か》ぎながら、史郎はそろそろと舌を挿《さ》し入れていった。

唇の内側のヌメリを味わい、白く滑《なめ》らかな歯並びをたどると、夕香の歯が怖《お》ず怖《お》ずと開かれた。

口の中は、さらにかぐわしい匂いが熱く満ち、舌を探るとチロチロと滑らかに蠢《うごめ》かせてくれた。

生温かな唾液が何とも清らかで美味しく、史郎は指の股を刺激しながら、ネットリと舌をからみつけた。

次第に夕香の舌の動きも大胆に激しくなってゆき、彼にチュッと吸い付いてきたりした。

史郎は美女の唾液と吐息を味わって酔いしれ、歯の内側から舌の裏側までクチュクチュと舐《な》め回した。

ペニスも痛いほど勃起《ぼっき》して突っ張り、もう後戻りできないほど淫気《いんき》が熱く高まってしまった。

やがて夕香の方から我に返ったように唇を引き離し、困ったように俯《うつむ》いて手を引っ込めた。

「ごめんなさい……。でも、痩せたいから、身体のことをもっといろいろアドバイスして欲しいのですけれど」

史郎が言うと、夕香も、それはトレーニングではなく、二人きりの淫《みだ》らな行為なのだと察したようだ。

「駄目です……ここでは」

「じゃあ、一緒に外に行ってくれますか？」

「私、もうすぐ仕事が終わりますから、外で待っていて下さい……」

夕香は、すっかり気持ちを高めたように熱っぽい眼差しで言った。

「分かりました。じゃ外の通りで待っていますね」

史郎が頷《うなず》いて言うと、夕香はすぐに立ち上がり、彼のそばから離れていった。

彼も、もうフィットネスなどどうでも良くなってしまい、切り上げることにした。

そして更衣室へ行って汗ばんだジャージを脱ぎ、備え付けのシャワーで念入りに身体を洗い流した。

何とかいったん勃起を治めて身繕《みづくろ》いすると、史郎はクラブを出て、外の通りで夕香を待つことにした。

目立つところではまずいだろうと、少し離れて立っていると、果たして、夕香は私服に着替えて来てくれたのだった。

引き締まった肌

「あそこへ入ってもいいかな」

史郎は、駅裏まで夕香と一緒に歩き、一軒のラブホテルを指して言った。

彼女も小さく頷いて従ってきた。

いったん外の冷気に触れると、高まりが急に醒めてしまうから、それを心配していたのだが、夕香の淫気は燃え上がったままだったようだ。

由良子の占いと、指の股への指圧効果は大変なものだった。

史郎は夕香と一緒にホテルに入り、急いで部屋を選び、キイをもらってエレベーターに乗った。

そして部屋に入り、ドアを内側からカチリとロックして密室にすると、いつものことながら目眩《めまい》を起こすような興奮に見舞われるのだった。

五十過ぎたこの年齢で、二十代の美女と懇《ねんご》ろになれるという、夢のような日々が続いているのである。

史郎は急いでバスタブに湯を張って部屋に戻ったが、自分はフィットネスクラブのシャワーで綺麗にしたばかりなので、いま風呂を使うつもりはなかった。

夕香は恐らく、フィットネスクラブで身体を流していないだろうが、何しろ若々しいナマのフェロモンは史郎にとって大事な興奮剤だから、彼女の服を脱がせにかかった。

夕香は高まりで待ちきれないように、自分でも脱いでいってくれた。

そして互いに全裸になると、ベッドに横になった。

「私、どうして、あなたとここにいるのかしら……」

夕香が、ぽつりと言った。

「それは、縁があるからだよ。そしてきっと相性も良いのだろうね」

史郎は激しく勃起しながら答え、半身を起こし、また彼女の手を握り、指の股を指圧しながら身体を見下ろした。

さすがに毎日スポーツをして鍛えているから、夕香の小麦色の肌は見事に引き締まっていた。

ほっそりと小柄に見えたが、乳房はお椀《わん》を二つ伏せたように形良く、張りと弾力がありそうで、乳首と乳輪は、実に初々《ういうい》しい薄桃色をしていた。

肩も二の腕も、僅《わず》かに筋肉が付き、腹部も引き締まって微《かす》かな腹筋の段々が見て取れたが、全体が女らしくムッチリとした丸みを帯びているので、何とも均整の取れた健康美を漂わせていた。

そして朝から動き回っていたせいか、胸元がほんのり汗ばみ、今まで服の内に籠《こ》もっていた熱気が解放され、甘ったるい芳香《ほうこう》が生ぬるく揺らめいた。

股間の翳《かげ》りは楚々《そそ》として艶《なま》めかしく、太腿《ふともも》も引き締まり、スラリと脚が長く足首も細かった。

トレーニングウェアの上からでは見えない、身体の線の隅々までが見事な調和を醸《かも》し出しているようだ。

史郎は、最初の切っ掛けだった彼女の手を握り、今度は指を絡めながら、覆いかぶさるように唇を重ねていった。

柔らかな感触を味わい、可愛らしく甘酸っぱい息を嗅ぎながら、舌を挿し入れて蠢かせた。

やはり人目を気にしながらのキスとは違い、最初から夕香も激しく吸い付き、舌をからみつけてきた。

「ンン……」

夕香は熱く鼻を鳴らして彼の舌に吸い付き、しきりに指を絡めた。

史郎も美女の清らかな唾液をすすり、指の股を愛撫《あいぶ》しながら果実臭の吐息に酔いしれていった。

そして史郎は、充分にからみつけていた指を離し、そのまま張りのある乳房に手を這《は》わせた。

思った通り柔らかくて弾力があり、乳首もツンと突き立っていた。指の腹で乳首を愛撫すると、

「あぁッ……」

夕香が、口を離して仰《の》け反《ぞ》り、熱く喘《あえ》いだ。

どうやら鍛え抜かれた身体は実に柔軟で、あらゆる体位に応じてくれそうだと史郎は思った。

彼は激しい期待に胸を高鳴らせて、愛撫を続けたのだった。

生温かな汗

「あぁッ……、くすぐったいわ……」

史郎が乳首にチュッと吸い付いて舌で転がすと、夕香がビクッと肌を震わせて喘いだ。

顔立ちは可憐だが、鍛えられた肉体を持つ彼女には、微妙なタッチより、もう少し強烈な方が良いのかも知れない。

彼は顔中をCカップほどの柔らかな膨《ふく》らみに押しつけ、貪《むさぼ》るように吸い付き、コリコリと勃起した乳首を舐め回した。

「アア……!」

夕香が顔を仰け反らせて喘ぎ、ほんのり汗ばんだ胸元や腋《わき》から、甘ったるい匂いを揺らめかせた。

史郎は左右の乳首を交互に含んで貪り、さらに腋の下にも顔を埋め込んでいった。

そこは生温かな汗に湿り、ミルクに似た体臭が悩ましく籠もっていた。

「アア……、駄目……」

夕香が、羞恥《しゅうち》とくすぐったさに声を震わせ、クネクネと身悶《みもだ》えた。

史郎は滑らかな肌を舐め下り、引き締まった腹筋にも舌を這わせた。

愛らしい縦長の臍《へそ》を舐め、程よく段々になった腹部に顔を押しつけ、その張りと弾力を味わった。

そっと歯を立てると、

「あう……」

夕香が肌を震わせて呻《うめ》いた。

そして史郎は彼女の脚を開かせ、身を割り込ませながら、張り詰めた下腹から股間へと顔を移動させていった。

恥毛《ちもう》は薄く楚々と煙《けぶ》り、割れ目からはみ出す花びらは興奮に色づいてヌメヌメと潤っていた。

指でそっと開くと、ピンクの柔肉《やわにく》も大量の蜜《みつ》にまみれ、襞《ひだ》の入り組む膣口《ちつこう》が艶めかしく息づいていた。

包皮の下からは真珠色の光沢を放つクリトリスがツンと突き立ち、史郎は堪《たま》らずに顔を埋め込んでいった。

柔らかな茂みに鼻を擦《こす》りつけると、甘ったるい濃厚な汗の匂いが鼻腔《びこう》を刺激し、柔肉を舐めると淡い酸味のヌメリが舌の動きを滑らかにさせた。

収縮する膣口を舐め回し、クリトリスまでたどっていくと、

「あぁッ……！」

夕香が身を弓なりにさせて熱く喘ぎ、引き締まった内腿《うちもも》でムッチリときつく彼の顔を締め付けてきた。

史郎は美女の体臭に酔いしれ、もがく腰を抱え込みながら執拗《しつよう》にクリトリスを舐め、新たに溢《あふ》れてくる愛液をすすった。

愛撫しながら見上げると、白い下腹がヒクヒクと波打ち、形良い乳房の谷間から、夕香の仰け反る顔が見えた。

「アア……、恥ずかしいわ……」

史郎は美女の味と匂いをすっかり堪能し、さらに股を開かせた。

すると、さすがに柔軟な肉体をしているから、脚は無理なく全開になり、彼女も羞恥が増したように激しく喘ぎ、愛液が大洪水になってきた。

「も、もう駄目、いきそう……」

やがて夕香が腰をよじり、降参するように言った。

史郎は、充分に味わってから顔を引き離し、彼女に添い寝していった。

そして再び乳首に吸い付き、愛液にまみれた割れ目に指を這わせて甘ったるい体臭に包まれた。

少し指を動かしただけでも、ピチャクチャと淫らに湿った音が聞こえ、それにも夕香は激しく反応した。

「は、恥ずかしい……、こんなに濡れてしまって……」

「とっても素晴らしい、魅力的な身体だよ」

「だって、私いっぱい運動して、まだシャワーも浴びていないのに……、汗臭かったでしょう……」

「ううん、その匂いがとっても良かった」

「アアッ……！」

夕香は言葉にも羞恥を募らせ、激しく彼にしがみついてきた。

そしてお返しするように身を起こすと、仰向けになった史郎の胸に舌を這わせ、乳首を愛撫してくれたのである。

滑らかな舌遣《したづか》い

「ああ……、気持ちいい……」

史郎は、夕香の熱い息に肌をくすぐられ、身悶えながら言った。

夕香は、軽く乳首を噛《か》んでくれ、史郎は甘美な快感に喘いだ。

「も、もっと強く……」

思わず言うと、夕香も白く健康的な歯でキュッと噛み締めてくれ、史郎は美女に食べられているような興奮に高まった。

やがて彼女は、史郎の両の乳首を充分に愛撫してから臍に下り、クチュクチュと舐め回した。

そして自分がされたように史郎を大股開きにさせ、その真ん中に腹這い、股間に顔を寄せていった。

「ずるいです。自分だけシャワーを浴びてきて……」

夕香が股間から悪戯っぽい眼差しを向けて詰《なじ》るように言い、ピンピンに屹立《きつりつ》した幹をやんわり握ってきた。

夕香の手のひらは、ほんのり汗ばんで生温かく、何とも柔らかくて心地よく、史郎自身は捕らえられたペットのようにヒクヒクともがいた。

そして彼女は先端にチロリと舌を伸ばして、粘液の滲《にじ》む尿道口を優しく舐め回してくれた。

「く……」

史郎は快感に息を詰めて呻き、ヒクヒクと幹を震わせた。

夕香も先端から裏側を舐め下り、陰嚢《いんのう》にまでしゃぶり付いてくれた。

熱い息を股間に籠もらせ、袋全体を舐め回して二つの睾丸《こうがん》を転がし、優しく吸い付いてきた。

そして充分に唾液にまみれさせてから、再びペニスの裏側を舐め上げ、先端に達すると、今度は張りつめた亀頭《きとう》にしゃぶり付き、そのままスッポリと喉《のど》の奥にまで呑《の》み込んでいったのだ。

史郎は、快感に幹を震わせながら股間の方を見た。

夕香が、頬《ほほ》をすぼめて吸い付き、内部ではクチュクチュと舌をからみつけるように蠢かせていた。

熱い鼻息が恥毛をくすぐり、たちまちペニス全体は、美女の清らかな唾液に生温かく浸《ひた》った。

長い舌がからみつき、さらに夕香は顔を小刻みに上下させ、濡れた口でスポスポと強烈な摩擦を繰り返してくれた。

今度は、史郎が降参する番だった。

「も、もう、いきそう……」

思わず腰をよじって言うと、夕香も吸い付きながらチュパッと軽やかな音を立てて口を離した。

やがて史郎は身を起こし、再び彼女を横たえた。

そのとき彼は、また占い師・由良子の言った言葉を思い出していた。

(股を弱く押すと、至福のときが訪れるなり。さらに、大きく開いた股では強く突き、小さく閉じた股では弱く突けば、至福止《や》むこと無し……)

史郎はまず夕香をうつ伏せにし、四つん這いで尻を高く持ち上げさせた。

「ああ……」

夕香は挿入の予感と興奮に声を洩らし、無防備なバックの体勢で、大胆に尻を突き出してきた。

史郎は膝《ひざ》を突いて股間を進め、夕香の腰を抱えながら、後ろから先端を膣口に差し入れていった。

熱く濡れた肉襞が、ヌルヌルッと心地よい摩擦を伝え、たちまち彼自身は根元まで滑らかに呑み込まれていった。

「アアッ……、いい……！」

夕香が白い背中を反らせて喘ぎ、キュッときつく締め付けてきた。

さすがに締まりが良く、中は熱いほどの温もりに満ち、彼自身も大量の愛液にまみれて快感に震えた。

史郎は早々と終わりたくないので、まだ動かずに感触を味わい、股間を強く押しつけていった。

彼女の尻の丸みが下腹部に密着して弾《はず》み、史郎は背中に覆いかぶさりながら、両脇から回した手で柔らかな膨らみを揉んだ。

そして後ろから彼女の髪に顔を埋め、甘い匂いをたっぷり嗅ぎ、徐々に腰を突き動かしていった。

夕香もキュッキュッと味わうように締め付けながら尻を振り、顔を伏せたまま熱く喘ぎ続けた。

様々な体位で

「アア……、いいわ、もっと強く……」

夕香が腰を前後させながら言い、史郎も次第に激しい律動を開始した。

大量に溢れる愛液が、彼女の内腿にも伝い流れ、揺れてぶつかる陰嚢もネットリとまみれた。

そして肌同士のぶつかる軽やかな音に混じり、クチュクチュと卑猥《ひわい》に湿った摩擦音も聞こえてきた。

しかし、ここで果てるのは勿体《もったい》ないし、せっかく柔軟な肉体を持った夕香を、もっともっと味わいたかった。

「こうして……」

史郎は動きを止め、身を起こして言い、深々と繋《つな》がったまま、彼女を横向きにさせていった。

夕香も、ゆっくりとバックスタイルから素直に横向きになってゆき、史郎は抜け落ちないよう股間を密着させながら、彼女の下の脚を跨《また》いだ。

そして上の脚を真上に持ち上げると、完全に九十度に開いた。その脚にしがみつき、股間を交差させてピストン運動を再開させていった。

俗に言う松葉《まつば》くずしという体位で、互いの股間が交差したので密着感が高まった。

しかも繋がっている局部のみならず、滑らかな内腿の感触も味わえるし、喘ぐ表情も観察できた。

「ああ……、すごいわ……」

夕香も夢中になって喘ぎ、締め付けながらクネクネと腰を動かした。

股が大きく開いたので、由良子の言葉通り彼は強く突き入れ、高まると弱め、夕香の感触を堪能した。

さらに、また繋がったまま彼女を仰向けにさせてゆき、抜けないように股間を押しつけながら、何とかゆっくりと正常位まで持っていった。

やがて仰向けになった夕香に身を重ねていくと、

「アアッ……！」

彼女は熱く喘いで両手を回し、激しくしがみついてきた。

史郎も、正面から密着する肌の感触を味わった。

胸の下では柔らかな乳房は押し潰されて弾み、恥毛が擦れ合ってコリコリする恥骨《ちこつ》の膨らみも感じられた。

史郎は腰を突き動かし、たまに屈み込んでは乳首を吸い、あるいは上から唇を重ねていった。

「ンンッ……！」

夕香も熱く息を弾ませ、潜《もぐ》り込んだ彼の舌に強く吸い付いてきた。そしてズンズンと股間を突き上げ、大量の愛液が律動を滑らかにさせた。

史郎は彼女を大股開きにさせて強く突き入れ、やがて脚を閉じさせ、彼が両脚を跨ぐようにしながら、今度は小刻みに弱く動かしていった。

「い、いく……！」

夕香はGスポットを刺激され、粗相《そそう》したようにビショビショに蜜を漏らしながら声を上ずらせた。

同時に、彼を跳ね上げる勢いでガクガクと腰を上下させ、膣内の収縮も最高潮になっていった。

激しいオルガスムスの波に呑み込まれ、続いて史郎も、大きな快感に激しく全身を貫かれた。

熱いザーメンを放って、それを出し切り、史郎はすっかり満足して全身の硬直を解いて添い寝していった。

「ああ……」

夕香は、離れても何度か波が押し寄せているようにビクッと肌を震わせ、喘ぎ声を洩らしていた。

健康的に均整が取れ、汗ばんで引き締まった肌が息づいている様子は、何とも魅惑的だった。

史郎は、これからも彼女に会うためにフィットネスクラブに通い続け、必ず痩せようと本気で心に誓うのだった。

もちろん痩せてからも、夕香がいる限り通い詰めるだろう。

史郎は彼女に甘えるように腕枕をしてもらい、熱く甘酸っぱい果実臭の息を嗅ぎながら呼吸を整え、うっとりと快感の余韻を味わったのだった……。

不埒《ふらち》な映画館

隣席に美女が

（わあ、綺麗な人だな……）

史郎《しろう》は映画館で、右隣に座ってきた女性を見て思った。

三十前後か、長い黒髪とスラリとした鼻筋が魅力的で、唇《くちびる》も小さく、何とも上品な美女であった。

金曜の仕事帰り、彼は前から気になっていた映画を観に来ていたのだ。主演の人気女優が、初のフルヌードになって濡れ場に挑戦というのが評判で、それが目当てというこどもあった。

場内は、ほぼ満員。

上映開始まで、史郎は何かと右隣の美女が気になってしまった。

彼女も一人で来ているようで、史郎はつい彼女の横顔を盗み見て、長い睫毛《まつげ》や形良く高い鼻を見つめては、生ぬるく漂う甘い匂《にお》いを貪《むさぼ》っていた。

やがて映画が始まった。

史郎は、心の片隅で隣の美女を意識しながらも、次第に映画にのめり込んでいった。

さすがに評判になるだけあって、女優の体当たり演技は迫力があり、さらに半ば過ぎからは、かなり際どい内容になった。

延々とした濃厚な濡れ場と、白く熟《う》れた裸身に釘付けになってしまい、観客たちも息を呑《の》んでいた。

そして濡れ場が一段落すると、隣席の美女は声にならない溜息《ためいき》をつき、場内にもほっとした雰囲気が流れた。

それでも史郎は、濡れ場の余韻と、彼女の方から漂う甘い匂いに、すっかり勃起《ぼっき》してしまった。

と、彼女が飲み物を一口飲み、肘掛けに備え付けられたドリンクホルダーに戻そうとしたとき、つい手が滑って、史郎の方に倒してしまったのだ。

勃起した股間《こかん》に冷たいものが流れ、史郎も思わずビクリと身じろいだ。

「も、申し訳ありません……」

彼女は慌て、周囲を慮《おもんぱか》って囁《ささや》くように史郎に向かって言った。

ほんのりと湿り気ある、花粉のような甘さを含んだ息の匂いが史郎の鼻腔《びこう》をくすぐってきた。

「いえ、大丈夫ですよ」

史郎も小声で答えたが、彼女はハンカチを出して彼の股間を拭《ふ》いてくれようとした。

勃起を知られるのは決まり悪いので、それより早く史郎は自分のハンカチを取り出し、手早く股間を拭《ぬぐ》ってしまった。

彼女はハンカチを引っ込めながら恐縮して頭を下げ、やがて二人は再びスクリーンに見入ったのだった。

ようやく上映が終わり、場内が明るくなると、観客たちは次々に立って出ていった。

「本当に、済みませんでした」

彼女が立ち上がって、史郎に向かって深々と頭を下げて言い、チラとシミになった股間に目を遣《や》った。

「いえ、どうかお気になさらずに」

彼も立ち上がって言ったが、そのとき占い師・由良子《ゆらこ》の言った言葉を思い出していた。

今日も劇場に来る前に、「鬼道館《きどうかん》」に寄って彼女の神託を聞いていたのだった。

(雨降って地固まる。濡れた後に誘い、腕の内と外を一本から五本まで幅を広げながら、ゆっくり往復すれば、至福《しふく》のときが訪れるなり……)

史郎は、あのドリンクが雨だったのではと解釈し、思い切って彼女を誘ってみることにした。

「あの、よろしかったら近くのバーでも行きませんか。良い映画だったので感想などを話し合いたいです」

「いえ……、私はこれで失礼します」

史郎が言うと、彼女は断わってきた。

「それは残念。近くに出来たばかりのバーがあるのですが、一人ではなかなか入りにくくて……」

彼は答え、それでも一緒に出口の方に向かっていった。

「そうですか……でしたら、お詫びの意味も込めて、ほんの少しだけ……」

するとと彼女が言ってくれ、史郎は有頂天になった。やはり誰かと、映画の感想を語り合いたかったのかもしれない。

二人は劇場を出て、近くのバーに入り、カウンターで隣同士に座った。

柔らかな二の腕

「私も実は、あの映画のヒロインのように、男に遊ばれたり、騙《だま》されたりしてばっかりだったんです」

しみじみと水割りを飲みながら、彼女が言った。

史郎は、彼女の名を訊《き》くような立ち入った質問が出来ないため、ヒロインの役名と同じ、真知子《まちこ》という名で、心の中で彼女を呼ぶようにした。

「へえ、そうなのですか……」

史郎は、美しいのに、どこか翳《かげ》りのある真知子の横顔を見て言った。

「ええ、だから一人で観に来ました。年上の、妻子のある男性と別れたばかりだったので、だいぶストーリーが身につまされましたけれど……」

真知子が言い、さらに、その妻子ある男とは結婚の約束もし、離婚を前提としていたことまで話してくれた。

しかし結局、男は離婚などはせず、彼の方から、真知子に別れ話を持ちかけてきたのである。

まあ、よくある話であった。

しかし、遊ばれて騙されて捨てられるというのが、今日観た映画のメインストーリーであり、彼女も感じるところは多かったに違いないと史郎は思った。

会話が途切れると、真知子はすっかり打ち沈んでしまった。

そろそろ帰ると言い出すかと史郎は思ったが、まだここに居たい証拠に彼女は水割りのお代わりをした。

「まあ、済んだことは忘れてしまった方がいいですね。これから、きっと良いことがありますよ」

「ええ……」

史郎が言うと、真知子も素直に頷《うなず》いた。

「映画のヒロインも、ラストでは元気に前に進んでいったじゃないですか」

彼は言いながら、そっと彼女の二の腕を握った。

そして占い師・由良子の言葉を思い出しながら、最初は指一本、徐々に増やしながら最終的には五本の指の腹で、彼女の二の腕を上下に往復してさすった。

「あ……、何してるんです……」

真知子が、思わずビクリと身を震わせて小さく言った。

「気持ちの安らぐツボです。お嫌なら止《よ》しますが」

「いえ……」

史郎の言葉に、真知子は何と答えて良いか分からず、そのまま拒むでもなくじっとしていた。

彼も、さらにマッサージを大胆にしてゆき、徐々に二の腕の内側にも指を当てていった。

内側はさらに柔らかな感触で、心地よい弾力が指の腹に伝わってきた。

しかも腋《わき》の下にも微妙なタッチで指が触れるため、ほんのりと生ぬるい汗の湿り気が感じられた。

史郎は、指を一本から徐々に増やし、最後は五本の指で二の腕の内側をソフトに圧迫すると、

「ああ……」

真知子が、またビクッと反応し、今度は小さく声を洩《も》らした。

やはり彼と別れて傷心のときに、自分と似たような境遇の映画を観て、そのうえ久々に男に触れられ、明らかに感じはじめているようだった。

何度も騙されたり捨てられたりした過去を持ちつつ、やはり気を紛らしてくれるのは男しかいないのかも知れない。

こんなに清楚《せいそ》で美しいのだから、必ず幸せになれるだろうにと、史郎は思いながらも興奮に股間を熱くさせ、さらに彼女を感じさせようと躍起になってしまった。

横から観察すると、ブラウスの胸は案外豊かに息づき、長身でほっそり見える割に、腰回りや太腿《ふともも》はムッチリと肉づきがありそうだった。

次第に真知子の息遣《いきづか》いが熱く弾《はず》み、生ぬるく甘ったるい匂いが濃く漂うようになっていった。

映画の余韻とともに、ほろ酔いが実に効果的で、いつしか真知子は史郎の方にしなだれかかってきたのだった。

白く滑《なめ》らかな背中

（大丈夫かな……？）

史郎は、彼女の温もりを横から感じながら、二の腕のマッサージを続け、マスターの方を窺《うかが》った。幸い、マスターは他の二人連れの男客と談笑しており、こちらには誰も注目していなかった。

そこで史郎は、身を寄せてくる真知子に顔を寄せ、頰《ほほ》に手を当ててこちらを向かせ、そっと唇を重ね合わせてしまった。

近々と迫る真知子の目が、一瞬ためらうような色を見せたが、触れ合うと、すぐに長い睫毛が伏せられた。

柔らかな唇が密着し、熱く湿り気ある息が甘く鼻腔をくすぐってきた。

そっと舌を挿《さ》し入れると、唇の内側の湿り気と滑らかな歯並びが感じられ、真知子も歯を開いて舌が触れ合った。

生温かな唾液《だえき》に濡れた舌をヌラリと舐《な》め、執拗《しつよう》にからませようとすると、すぐに彼女が唇を引き離してきた。

「ダメですよ……」

真知子は小さく言った。

史郎も、バーの中なのでこれ以上は無理と思い、深追いはしなかった。

「じゃ、場所を変えましょうか」

「いいえ、私は帰りますので……」

真知子はそう答えたものの、いったん点《つ》いた火は消しようもないのだろう、かなり熱っぽい眼差しになっていた。

「どちらにしろ、出ましょう」

史郎は囁き、マスターを呼んで勘定を済ませ、真知子と一緒にバーを出た。

「あそこへ行きましょう」

史郎が言って、駅裏のラブホテルの方へ向かいはじめると、真知子もためらいがちについてきた。

「僕はあなたを騙したりしません。ただ、慰《なぐさ》めてあげたいだけです」

「ええ……」

囁くと真知子も小さく頷き、やがて二人はラブホテルに入り、密室へと足を踏み入れたのだった。

ドリンクで股間を濡らされてしまったけど、今度は史郎が彼女の股間を濡らす番なのだと思った。

すぐに彼が脱ぎはじめると、真知子も背を向けて緊張気味にブラウスのボタンを外しはじめた。

やはり強烈な濡れ場を観たあとだから興奮の火が点き、しかもほろ酔いで二人きりの密室となると、もう彼女にもためらいはないようだった。

手早く全裸になり、先に史郎はベッドに横になって彼女を観察した。

ブラが外されると、白く滑らかな背中が露《あらわ》になった。実に瑞々《みずみず》しく、柔らかそうな肌をしていた。

さらにスカートとパンストを脱ぐと、スラリとした長い脚が現れた。

見事なプロポーションで、白い肌に長い黒髪が良く映えていた。

そして最後の一枚を脱ぎ去ると、白く形良いお尻が剝《む》き卵のようにムッチリとこちらに突き出された。

あまりの艶《なま》めかしさに史郎は、思わずゴクリと生唾を飲んだ。

やがて真知子は振り返り、全裸を見られるのを恥じらうように布団をめくり、急いで彼の隣に滑り込んできたのだった。

肌を密着させると、熱い鼓動と躍動が伝わってくるようだった。

もう一度、史郎は上からのしかかるようにして唇を重ねた。

「ンン……」

すると真知子は熱く鼻を鳴らし、さっきとは打って変わって、自分からネットリと舌をからませてきたのである。

熱い花粉臭の吐息が、悩ましく史郎の鼻腔を湿らせ、生温かな唾液に濡れた舌先が、チロチロと彼の舌を這《は》い回った。

差し入れるとチュッと強く吸い付き、史郎はたちまち美女の唾液と吐息にうっとりと酔いしれた。

執拗に舌をからめながら、そろそろと形良く張りのある乳房に手のひらを這わせ、コリコリと硬くなっている乳首を指の腹で愛撫《あいぶ》すると、

「アアッ……！」

真知子が苦しげに口を離し、熱く喘《あえ》いで顔を仰《の》け反《ぞ》らせた。

一緒にＡＶを

「さっき観た映画の濡れ場が、残っているみたい……」

真知子が、身をくねらせながら言った。

「私、エッチなものを見ると興奮するんです。だから一人でいま流行りの、女性向け

のＡＶなども見てしまいます」

「へえ、じゃ点けてみましょうか」

史郎は言い、女性向けのものがあるのかと驚き、彼女がそうしたものを見たがるのも寂しいからだろうと思った。

そして愛撫の手を休めてベッドを下りると、テレビを点けてアダルトチャンネルにしてみた。

和物は台詞などをつい聞いてしまって気が散るので、洋物にすると濡れ場の真っ最中だった。

グラマーな金髪美女が愛撫を受け、激しく喘いでいた。その息遣いとともに、ピストン運動でクチュクチュいう卑猥《ひわい》な摩擦音も入り交じって聞こえてきた。

「アア……、すごいわ……」

真知子は大画面に映し出された、強烈なシーンを見て喘いだ。

もちろん二人で見入っているような場合ではないから、音声だけ聞きながら、史郎は愛撫を再開させた。

白い首筋を舐め下り、色づいた乳首にチュッと吸い付いていくと、

「あう……」

真知子が呻《うめ》き、ビクッと熟れ肌を波打たせ甘い匂いを揺らめかせた。

史郎はコリコリと硬くなった乳首を舐め回し、顔中を柔らかな膨《ふく》らみに押しつけて、感触と悩ましい体臭を味わった。

「ああ……、いい気持ち……」

真知子が顔を仰け反らせて喘ぎ、その声にテレビの音声が入り交じって響いた。

史郎は左右の乳首を交互に含んで舌で転がし、さらに彼女の腋の下にも顔を埋め込んでゆき、生温かく汗ばんだ甘ったるい匂いを貪った。

「アア……」

真知子はくすぐったそうに身をよじり、まるで画面の中の美女と一緒に高まるように熱く喘いだ。

史郎は滑らかな肌を舐め下り、形良いお臍《へそ》にも舌を挿し入れて動かし、張りのある腹部に顔中を押しつけて心地よい温もりと弾力を楽しんだ。

そして真知子の両膝《りょうひざ》を割って潜《もぐ》り込み、白くムッチリとした内腿《うちもも》を舐め上げ、股間に迫っていった。

すでに割れ目からは熱気と湿り気が漂い、見ると興奮に色づいた陰唇《いんしん》がネットリとした大量の愛液に潤っていた。

「ああ……、恥ずかしい……」

真知子が、画面と同じように大股開きにされて喘いだ。

茂みも程よい範囲に煙《けぶ》り、実に形良い割れ目だった。そっと指を当てて陰唇を広げると、中の柔肉《やわにく》はヌメヌメと妖《あや》しく濡れ、花弁状の襞《ひだ》が震える膣口《ちつこう》も艶めかしく収縮していた。

史郎は吸い寄せられるように顔を埋め込み、柔らかな恥毛《ちもう》に鼻を擦《こす》りつけた。隅々には甘ったるい汗の匂いが悩ましく籠《こ》もり、彼は美女の体臭を貪りながら舌を這わせていった。

膣口のヌメリをすすり、ツンと突き立ったクリトリスまで舐め上げていくと、

「アアッ……！」

真知子がビクッと顔を仰け反らせ、激しく身を弓なりにして喘いだ。そして下腹を波打たせ、内腿で、キュッときつく史郎の両頬を締め付けてきた。

彼も悶《もだ》える腰を抱え込んで押さえつけながら、執拗に舌を這わせて刺激し、美女の悩ましい体臭と、淡い酸味を含んだヌメリを味わった。

実に濡れやすく、感じやすい素晴らしい肉体をしていた。

「ああ……、気持ちいい……」

真知子はうっとりと喘ぎながら腰をくねらせ、新たな愛液を溢《あふ》れさせ続けた。

史郎は夢中になって、美女の味と匂いを貪り、彼女の激しい反応に興奮を高めていった。

真知子も、小さなオルガスムスの波を感じ、小刻みな痙攣《けいれん》を繰り返した。

貪欲《どんよく》な口元

「さあ、今度は私にして下さい……」

史郎は言い、いったんテレビを消した。やはり気が散るし、真知子もすっかり興奮して朦朧《もうろう》となっているので、もう気持ちを高める必要もなくなっただろう。

静かになると、真知子の荒い息遣いだけが艶めかしく聞こえてきた。

そして史郎が仰向けになると、真知子も積極的に、ためらいなく彼の股間へと顔を移動させてきた。

大股開きになった彼の真ん中に真知子は腹這い、長い黒髪がサラリと下腹や内腿をくすぐった。

真知子は舌を伸ばし、裏筋をヌラリと舐め上げ、尿道口から滲《にじ》む粘液まで丁寧にすすってくれた。

さらに彼女は、興奮に縮こまった陰嚢《いんのう》にチロチロと舌を這わせ、二つの睾丸《こうがん》を転がした。

「ああ……」

史郎は、ゾクゾクするような快感に喘ぎ、ヒクヒクと幹を上下させた。

さっき映画館で観たものより、ずっと強烈な濡れ場を演じているのだから、何と運が良いのだろうと史郎は思った。

真知子は彼の股間に熱い息を籠もらせ、満遍《まんべん》なく袋全体を生温かな唾液にまみれさせると、再びペニスの裏側をゆっくり舐め上げてきた。

丸く開いた口で亀頭《きとう》を含み、モグモグと締め付けながら喉《のど》の奥まで呑み込んだ。

「アア……、気持ちいい……」

史郎は、温かく濡れた美女の口腔《こうこう》に根元まで包まれ、快感に喘いだ。

真知子は熱い鼻息で恥毛をくすぐりながら、幹の付け根を口で丸く締め付け、上気《じょうき》した頰をすぼめて吸った。

内部ではクチュクチュと舌が蠢《うごめ》き、たちまち史郎自身は美女の清らかな唾液にどっぷりと浸《つか》った。

「ンン……」

真知子は深々と頬張りながら熱く鼻を鳴らし、吸いながらスポンと引き抜いては、また含んで愛撫を繰り返した。

そのリズムが次第に速くなり、彼女はスポスポと顔を上下させて強烈な摩擦を開始した。

「も、もう……」

史郎は、いよいよ危うくなって声を洩らし、あまりの快感で暴発してしまう前に彼女の口を引き離させた。

ようやく真知子も舌なめずりして顔を上げたので、史郎は起き上がり、入れ替わりに彼女を再び仰向けにさせた。

そして、もう一度割れ目に顔を埋め込み、潤いを確認するように舌を這わせた。

しかし、もう補充の必要もないほど大量に愛液が溢れていたので、史郎も美女の味と匂いを堪能してから身を起こし、股間を進めていった。

まだ彼女の唾液に湿っている先端を割れ目に押し当て、しばし柔肉に擦りつけてから位置を定め、ゆっくりと挿入した。

「ああッ……!」

ヌルヌルッと滑らかに根元まで押し込むと、真知子が声を上げ、キュッときつく締め付けてきた。

史郎も、心地よい肉襞の摩擦と温もりを味わいながら股間を密着させ、まだ動かずに、ゆっくりと身を重ねていった。

彼女が下から両手を回してしがみつき、待ちきれないようにズンズンと股間を突き上げてきた。

しかし史郎は、早々と済んでしまうのが惜しく、まだ感触を噛《か》み締めるだけで自分からは動かなかった。

屈み込んで、左右の色づいた乳首を交互に含んで舌で転がし、甘ったるい体臭で鼻腔を満たした。

「アア……、お願い、突いて……、強く奥まで……」

真知子が声を上ずらせ、強烈な刺激をせがんできた。

そのとき史郎は、占い師・由良子の言葉を思い出していた。

(……幅を広げながら、ゆっくり往復すれば至福のときが訪れるなり。二突き三突きを徐々に深くし、五回目で大きく突けば至福やむことなし)

史郎は、やがてその通りに腰を動かしはじめたのだった。

果てなき絶頂

「ああ……、いいわ、奥まで響く……」

ようやく史郎が徐々に律動を開始すると、真知子も濡れた肉壺《にくつぼ》に受け入れながら激しく喘いだ。

溢れる愛液が動きを滑らかにさせ、肌と肌のぶつかり合う音に混じって、たちまちクチュクチュという淫《みだ》らに湿った摩擦音が聞こえてきた。

史郎は彼女の二の腕を摑《つか》み、バーでしたように内側を微妙なタッチで愛撫した。そして、リズミカルに腰を突き動かしはじめた。

最初の一突きめは浅く差し入れただけで戻し、二突き、三突きめと徐々に深くさせてゆき、五回目では股間をぶつけるようにズンと深く突き入れていった。

「あう……、す、すごいわ。こんなにいいの初めて……。いきそう……」

真知子も腰を突き上げ、きつく締め付けながら呻いた。

さらに史郎は、由良子の言葉通りに真知子を大股開きにさせ、深く浅くという挿入のリズムを繰り返した。

「アア……、い、いっちゃう……！」

たちまち真知子は口走り、粗相《そそう》したように大量の愛液を漏らしながら、ガクンガクンと狂おしい痙攣《けいれん》を開始した。

史郎を乗せたままブリッジするように何度も股間を跳ね上げ、膣内を艶めかしく収縮させた。

史郎は快感に身を震わせる真知子に上から唇を重ね、熱く甘い息を嗅《か》ぎながらネットリと舌をからませ、生温かな唾液をすすりながらなおも腰を遣《つか》った。

「ンンッ……！」

真知子も身をよじりながら彼の舌に吸い付いて呻き、ヒクヒクと痙攣を繰り返したのだった。

「く……！」

その凄《すさ》まじいオルガスムスの渦《うず》に、続いて史郎も巻き込まれ、昇り詰めながら大きな快感に呻いた。

熱い大量のザーメンをドクンドクンと勢いよくほとばしらせ、溶けてしまいそうな快感に酔いしれた。

すると真知子は、いったんは下火になった快感がまた甦《よみがえ》り、再び硬直して身を震わせた。

まるで絶頂の波が、エンドレスで押し寄せてくるようだった。それだけ傷心の中で男日照りが続き、欲求と同時に大きなストレスも溜《た》まっていたのだろう。

史郎は全て出し切って満足すると、ようやく動きを止めて身を投げ出した。

すると真知子も、延々と続いていた絶頂を終え、強《こわ》ばりを解いてグッタリと力を抜いていった。

彼は甘えるように腕枕をしてもらい、温もりの中、美女の湿り気ある甘い息を間近に嗅ぎながら、うっとりと快感の余韻に浸《ひた》り込んだのだった。

「ああ……、すごすぎます……、まだ身体中の震えが……」

真知子が荒い呼吸とともに精根尽き果てたように呟《つぶや》き、思い出したようにビクッと肌を震わせた。

やがて史郎は、真知子の息遣いがだいぶ治まったところで身を起こし、彼女も起こしてあげながらバスルームへと向かった。

そして互いの身体を洗い流し、一緒にバスタブに浸かった。

後ろから手を回し、また彼女の二の腕を愛撫し、時に湯の中で乳房にも手のひらを這わせた。

「アア……、また感じちゃいます……」

真知子が言うので、股間にも指を這わせるとヌルヌルして、湯の中なのにはっきりと新たに溢れる愛液が分かった。

(これは頑張って、もう一回しなければならないかな……)

史郎は思いながら、自分もムクムクと回復していった。それを肌で感じた真知子は、手を回してやんわりとペニスを握ってくれた。

「また大きくなっているのね……」

真知子もその気になったように囁いた。

「ああ……」

史郎は喘ぎながら、自分の最近の人生こそ、映画になるのではないかと思い、感慨に耽《ふけ》るのだった。

週刊現代二〇一三年十月十二日号〜二〇一四年三月八日号掲載

|著者|睦月影郎　1956年神奈川県横須賀市生まれ。県立三崎高校卒業。23歳で官能作家デビュー。熟女もの少女ものにかかわらず、匂いのあるフェチックな作風を得意とする。著書は400冊を突破。近刊に『影舞《かげまい》』、『肌褥《はだしとね》』、「平成好色一代男」シリーズ、『Gのカンバス』（以上、講談社文庫）、『欲情の文法』（星海社新書）、『おんな快々淫書』（宝島社文庫）、『キネマ館多情』（徳間文庫）、『妖女の棲む家』（竹書房ラブロマン文庫）、『住職の妻』（二見文庫）、『淫蜜教室』（コスミック文庫）、『蜜双六』（祥伝社文庫）、『若後家ねぶり』（学研M文庫）、『香り蜜』（廣済堂文庫）、『家性婦の秘蜜』（双葉文庫）、『テレビに夢中だった！』（双葉新書）などがある。

帰《かえ》ってきた平成好色一代男《へいせいこうしょくいちだいおとこ》　一《いち》の巻《まき》
睦月影郎《むつきかげろう》

講談社文庫
定価はカバーに
表示してあります

2014年6月13日第1刷発行

発行者——鈴木　哲
発行所——株式会社　講談社
東京都文京区音羽2-12-21　〒112-8001
電話　出版部（03）5395-3510
　　　販売部（03）5395-5817
　　　業務部（03）5395-3615
Printed in Japan

デザイン—菊地信義
本文データ制作—講談社デジタル製作部
印刷———豊国印刷株式会社
製本———株式会社若林製本工場

ISBN978-4-06-277854-1

講談社文庫刊行の辞

二十一世紀の到来を目睫に望みながら、われわれはいま、人類史上かつて例を見ない巨大な転換期をむかえようとしている。

世界も、日本も、激動の予兆に対する期待とおののきを内に蔵して、未知の時代に歩み入ろうとしている。このときにあたり、創業の人野間清治の「ナショナル・エデュケイター」への志を現代に甦らせようと意図して、われわれはここに古今の文芸作品はいうまでもなく、ひろく人文・社会・自然の諸科学から東西の名著を網羅する、新しい綜合文庫の発刊を決意した。

激動の転換期はまた断絶の時代である。われわれは戦後二十五年間の出版文化のありかたへの深い反省をこめて、この断絶の時代にあえて人間的な持続を求めようとする。いたずらに浮薄な商業主義のあだ花を追い求めることなく、長期にわたって良書に生命をあたえようとつとめるところにしか、今後の出版文化の真の繁栄はあり得ないと信じるからである。

同時にわれわれはこの綜合文庫の刊行を通じて、人文・社会・自然の諸科学が、結局人間の学にほかならないことを立証しようと願っている。かつて知識とは、「汝自身を知る」ことにつきていた。現代社会の瑣末な情報の氾濫のなかから、力強い知識の源泉を掘り起し、技術文明のただなかに、生きた人間の姿を復活させること。それこそわれわれの切なる希求である。

われわれは権威に盲従せず、俗流に媚びることなく、渾然一体となって日本の「草の根」をかたちづくる若く新しい世代の人々に、心をこめてこの新しい綜合文庫をおくり届けたい。それは知識の泉であるとともに感受性のふるさとであり、もっとも有機的に組織され、社会に開かれた万人のための大学をめざしている。大方の支援と協力を衷心より切望してやまない。

一九七一年七月

野間省一

講談社文庫 最新刊

井川香四郎 飯盛り侍
「おら、食べ物で戦をしとっとよ!」足軽から飯の力で出世した男の一代記。〈文庫書下ろし〉

柳広司 怪談
現代の一角を舞台に期せずして日常を逸脱し怪異に呑み込まれた老若男女を描いた傑作6編。

睦月影郎 帰ってきた平成好色一代男 一の巻
なぜか最近、悶々としていた男の毎日が激変!?「週刊現代」連載の連作官能短編、文庫化開始。

町山智浩 99%対1% アメリカ格差ウォーズ
金持ちと貧乏人が繰り広げる、過激でおバカ(?)な「アメリカの内戦」を徹底レポート!

初野晴 向こう側の遊園
せめて最期の言葉を交わせたら。動物とひとの切ない絆を紡いだ、涙の連作ミステリー。

黒岩重吾 新装版 古代史への旅
古代史小説の第一人者が、大和朝廷成立の背後にある謎を読み解く。ファン待望の復刊!

ダニエル・タメット 古屋美登里 訳 ぼくには数字が風景に見える
円周率2万桁を暗唱できても靴ひもが結べない。人と少し違う脳を持つ青年の感動の手記。

ロバート・ゴダード 北田絵里子 訳 血の裁き(上)(下)
外科医がかつて救った男はコソヴォ紛争で大量虐殺をした戦争犯罪人に。秀逸スリラー。

講談社文庫 最新刊

上田秀人
新　参
〈百万石の留守居役(三)〉
若すぎる留守居役数馬の初仕事は、加賀を裏切り暗躍する先任の始末!?〈文庫書下ろし〉

今野　敏
ST　化合　エピソード0
〈警視庁科学特捜班〉
検察の暴走に捜査現場は静かに叛旗《はんき》を翻す。STシリーズの序章がここに。待望の文庫化。

大山淳子
猫弁と指輪物語
完全室内飼育のセレブ猫妊娠事件!?　天才弁護士百瀬が活躍する「癒《いや》されるミステリー」。

香月日輪
ファンム・アレース①
伝説の聖少女将軍《ファンム・アレース》の面影を持つララと雇われ剣士バビロンは約束の地へと歩き出すが——。

井上夢人
ラバー・ソウル
ビートルズの評論家・鈴木誠の生涯唯一の恋。そして悲劇。ミステリー史上に残る衝撃作!

西村京太郎
十津川警部　青い国から来た殺人者
東京、大阪、京都。三都で起きた連続殺人事件の現場には、同じ筆跡の紙が遺されていた。

鳴海　章
フェイスブレイカー
非情な諜報戦、鬼気迫るアクション。日韓を舞台とした国際サスペンス!〈文庫書下ろし〉

吉村　昭
新装版　**落日の宴**
〈勘定奉行川路聖謨《としあきら》〉(上)(下)
開国を迫るロシア使節に一歩も譲らず、列強の植民地支配から日本を守った幕吏の生涯。

木内一裕
神様の贈り物
最高の殺し屋、チャンス。頭を撃ち抜かれ「心」を得た彼は自分の過去と対峙していく。

講談社文芸文庫

佐伯一麦
日和山
佐伯一麦自選短篇集
解説=阿部公彦　年譜=著者
「私」の実感をないがしろにしない作家は常に、「人間が生きて行くこと」を見つめ続けた。処女作から震災後の書き下ろしまで、著者自ら選んだ九篇を収めた短篇集。
さN2
978-4-06-290233-5

小島信夫
公園／卒業式
小島信夫初期作品集
解説=佐々木敦　年譜=柿谷浩一
一高時代の伝説的作品「裸木」や、著者固有のユーモアの淵源を示す「汽車の中」「ふぐりと原子ピストル」など、〈作家・小島信夫〉誕生の秘密に迫る初期作品十三篇を収録。
こA8
978-4-06-290232-8

大西巨人
地獄変相奏鳴曲
第一楽章・第二楽章・第三楽章
十五年戦争から現代に至る日本人の精神の変遷とその社会の姿を圧倒的な筆致で描いた「連環体長篇小説」全四楽章を二分冊で刊行。旧作の新訂篇である第三楽章までを収録。
おU2
978-4-06-290235-9

野村　進　救急精神病棟
野村　進　脳を知りたい！
法月綸太郎　雪　密　室
法月綸太郎　誰《たそ》彼《がれ》
法月綸太郎　頼子のために
法月綸太郎　ふたたび赤い悪夢
法月綸太郎　法月綸太郎の冒険
法月綸太郎　法月綸太郎の新冒険
法月綸太郎　法月綸太郎の功績
法月綸太郎　新装版　密閉教室
乃南アサ　鍵
乃南アサ　ラ　イ　ン
乃南アサ　窓
乃南アサ　不　発　弾
乃南アサ　火のみち(上)(下)
乃南アサ　ニサッタ、ニサッタ(上)(下)
乃南アサ　地のはてから(上)(下)
野口悠紀雄　「超」勉強法
野口悠紀雄　「超」勉強法・実践編

野口悠紀雄　「超」発想法
野口悠紀雄　「超」英語法
野口悠紀雄　超「超」整理法〈クラウド時代を勝ち抜く仕事の新セオリー〉
野沢　尚　破線のマリス
野沢　尚　リ　ミ　ッ　ト
野沢　尚　呼《よ》人《ひと》
野沢　尚　深　紅
野沢　尚　砦　な　き　者
野沢　尚　魔　笛
野沢　尚　ひたひたと
野沢　尚　ラストソング
野口武彦　幕末気分
のり・たまみ　2階でブタは飼うな！〈日本と世界のおかしな法律〉
野崎　歓　赤ちゃん教育
野中　柊　ひな菊とペパーミント
野村正樹　頭の冴えた人は鉄道地図に強い
半村　良　飛雲城伝説
原田泰治　わたしの信州
原田泰治
原田武雄　泰治が歩く〈原田泰治の物語〉

原田康子　海　霧(上)(中)(下)
林　真理子　テネシーワルツ
林　真理子　幕はおりたのだろうか
林　真理子　女のことわざ辞典
林　真理子　さくら、さくら〈おとなが恋して〉
林　真理子　みんなの秘密
林　真理子　ミスキャスト
林　真理子　ミ　ル　キ　ー
林　真理子　新装版　星に願いを
林　真理子　野心と美貌〈中年心得帳〉
林　真理子
山藤章二　チャンネルの5番
原田宗典　ス　メ　ル　男
原田宗典　私は好奇心の強いゴッドファーザー
原田宗典　たまげた録
原田宗典・文
かとうゆめこ・絵　考えない世界
馬場啓一　白洲次郎の生き方
馬場啓一　白洲正子の生き方
林　望　帰らぬ日遠い昔
林　望　リンボウ先生の書物探偵帖

講談社文庫　目録

帚木蓬生　アフリカの蹄《ひづめ》
帚木蓬生　アフリカの瞳
帚木蓬生　空夜
帚木蓬生　空山
坂東眞砂子　道《さ》祖《い》土《ど》家の猿嫁
坂東眞砂子　梟《きょう》首《しゅ》の島(上)(下)
坂東眞砂子　欲情
花村萬月　皆月
花村萬月　惜春
花村萬月　空は青いか〈萬月夜話其の一〉
花村萬月　犬でわるいか〈萬月夜話其の二〉
花村萬月　草《くさ》臥《ぶ》し日記〈萬月夜話其の三〉
花村萬月　少年曲馬団(上)(下)
花村萬月　ウエストサイドソウル〈西方之魂〉
林　丈二　犬はどこ?
林　丈二　路上探偵事務所
原口純子と中華生活ウオッチャーズ　踊る中国人
はにわきみこ　たまらない女
畑村洋太郎　失敗学のすすめ

畑村洋太郎　失敗学実践講義〈文庫増補版〉
畑村洋太郎　みるわかる伝える
遙　洋子　結婚しません。
遙　洋子　いいとこどりの女
花井愛子　ときめきイチゴ時代〈ティーンズハートの1987～1997〉
はやみねかおる　そして五人がいなくなる〈名探偵夢水清志郎事件ノート〉
はやみねかおる　亡霊《ゴースト》は夜歩く〈名探偵夢水清志郎事件ノート〉
はやみねかおる　消える総生島〈名探偵夢水清志郎事件ノート〉
はやみねかおる　魔女の隠れ里〈名探偵夢水清志郎事件ノート〉
はやみねかおる　踊る夜光怪人〈名探偵夢水清志郎事件ノート〉
はやみねかおる　機巧館《からくりやかた》のかぞえ唄〈名探偵夢水清志郎事件ノート〉
はやみねかおる　ギヤマン壺の謎〈名探偵夢水清志郎事件ノート外伝〉
はやみねかおる　徳利長屋の怪〈名探偵夢水清志郎事件ノート外伝〉
はやみねかおる　都会《まち》のトム&ソーヤ(1)
はやみねかおる　都会《まち》のトム&ソーヤ(2)〈乱! RUN! ラン!〉
はやみねかおる　都会《まち》のトム&ソーヤ(3)〈いつになったら作戦《ミッション》終了?〉
はやみねかおる　都会《まち》のトム&ソーヤ(4)〈四重奏《カルテット》〉
勇嶺《はやみね》　薫《かおる》　赤い夢の迷宮
橋口いくよ　アロハ萌え

橋口いくよ　猛烈に!　アロハ萌え
橋口いくよ　おひとりさまで!　アロハ萌え〈MAHALO HAWAII〉
服部真澄　清談　佛々堂先生
服部真澄　極楽行き〈清談　佛々堂先生〉
服部真澄　天の方舟《はこぶね》(上)(下)
半藤一利　昭和天皇ご自身による「天皇論」
秦　建日子　チェケラッチョ!!
秦　建日子　SOKKI!〈人生には役に立たない特技〉
秦　建日子　インシデント〈悪女たちのメス〉
端田　晶　もっと美味しくビールが飲みたい!〈酒と酒場の耳学問〉
端田　晶　とりあえず、ビール!〈続・酒と酒場の耳学問〉
早瀬詠一郎　早《さ》烏《がらす》〈裏十手からくり草紙〉
早瀬詠一郎　つげの箸〈裏十手からくり草紙〉
早瀬詠一郎　平手造《み》酒《き》
早瀬　乱　三年坂　火の夢
早瀬　乱　レイニー・パークの音
初野　晴　1/2の騎士
初野　晴　トワイライト博物館《ミュージアム》
初野　晴　向こう側の遊園

原 武史 滝山コミューン一九七四
原 武史 沿線風景
濱 嘉之 警視庁情報官〈シークレット・オフィサー〉
濱 嘉之 警視庁情報官 ハニートラップ
濱 嘉之 警視庁情報官 トリックスター
濱 嘉之 警視庁情報官 ブラックドナー
濱 嘉之 警視庁情報官 サイバージハード
濱 嘉之 鬼《き》手《しゅ》〈世田谷駐在刑事・小林健〉
濱 嘉之 電子の標的〈警視庁特別捜査官・藤江康央〉
濱 嘉之 列島融解
濱 嘉之 オメガ 警察庁諜報課
橋本 紡 彩乃ちゃんのお告げ
馳 星周 やつらを高く吊せ
早見 俊 双子同心捕物競い
早見 俊 右近の鯔背《いなせ》銀杏《いちょう》〈双子同心捕物競い(二)〉
早見 俊 同心の鑑《かがみ》〈双子同心捕物競い(三)〉
早見 俊 上方与力江戸暦
畠中 恵 アイスクリン強し
畠中 恵 若様組まいる

はるな愛 素晴らしき、この人生
葉室 麟 風渡る
葉室 麟 風の軍師〈黒田官兵衛〉
長谷川 卓 獄《がく》神《じん》〈上・白銀《しろがね》渡り〉〈下・湖底の黄金〉
長谷川 卓 嶽神伝《がくじんでん》 無坂《むさか》(上)(下)
HABU 誰の上にも青空はある
幡 大介 猫間地獄のわらべ歌
幡 大介 股旅探偵 上州呪い村
原田マハ 夏を喪くす
羽田圭介 「ワタクシハ」
原田ひ香 アイビー・ハウス
原田ひ香 人生オークション
花房観音 女坂
平岩弓枝 花嫁の日
平岩弓枝 結婚の四季
平岩弓枝 わたしは椿姫
平岩弓枝 花祭
平岩弓枝 青の伝説
平岩弓枝 青の回帰(上)(下)

平岩弓枝 青の背信
平岩弓枝 五人女捕物くらべ(上)(下)
平岩弓枝 はやぶさ新八御用帳(一)〈大奥の恋人〉
平岩弓枝 はやぶさ新八御用帳(二)〈江戸の海賊〉
平岩弓枝 はやぶさ新八御用帳(三)〈又右衛門の女房〉
平岩弓枝 はやぶさ新八御用帳(四)〈鬼勘の娘〉
平岩弓枝 はやぶさ新八御用帳(五)〈御守殿おたき〉
平岩弓枝 はやぶさ新八御用帳(六)〈春月の雛〉
平岩弓枝 はやぶさ新八御用帳(七)〈寒椿の寺〉
平岩弓枝 はやぶさ新八御用帳(八)〈春怨 根津権現〉
平岩弓枝 はやぶさ新八御用帳(九)〈王子稲荷の女〉
平岩弓枝 はやぶさ新八御用帳(十)〈幽霊屋敷の女〉
平岩弓枝 はやぶさ新八御用旅(一)〈東海道五十三次〉
平岩弓枝 はやぶさ新八御用旅(二)〈中仙道六十九次〉
平岩弓枝 はやぶさ新八御用旅(三)〈日光例幣使道の殺人〉
平岩弓枝 はやぶさ新八御用旅(四)〈北前船の事件〉
平岩弓枝 はやぶさ新八御用旅(五)〈諏訪の妖狐〉
平岩弓枝 新装版 おんなみち(上)(中)(下)
平岩弓枝 極楽とんぼの飛んだ道〈私の半生、私の小説〉

講談社文庫　目録

平岩弓枝　ものは言いよう
平岩弓枝　老いること暮らすこと
平岩弓枝　なかなかいい生き方
平岡正明　志ん生的、文楽的
東野圭吾　放課後
東野圭吾　卒業〈雪月花殺人ゲーム〉
東野圭吾　学生街の殺人
東野圭吾　魔球
東野圭吾　十字屋敷のピエロ
東野圭吾　眠りの森
東野圭吾　宿命
東野圭吾　変身
東野圭吾　仮面山荘殺人事件
東野圭吾　天使の耳
東野圭吾　ある閉ざされた雪の山荘で
東野圭吾　同級生
東野圭吾　名探偵の呪縛
東野圭吾　むかし僕が死んだ家
東野圭吾　虹を操る少年

東野圭吾　パラレルワールド・ラブストーリー
東野圭吾　天空の蜂
東野圭吾　どちらかが彼女を殺した
東野圭吾　名探偵の掟
東野圭吾　悪意
東野圭吾　私が彼を殺した
東野圭吾　嘘をもうひとつだけ
東野圭吾　時生
東野圭吾　赤い指
東野圭吾　流星の絆
東野圭吾　新装版 浪花少年探偵団
東野圭吾　新装版 しのぶセンセにサヨナラ
東野圭吾　新参者
東野圭吾　麒麟の翼
東野圭吾　パラドックス13
東野圭吾作家生活25周年祭り実行委員会　東野圭吾 公式ガイド（読者1万人が選んだ東野作品人気ランキング発表）
広田靚子　イギリス花の庭
姫野カオルコ　ああ、懐かしの少女漫画
姫野カオルコ　ああ、禁煙vs.喫煙

日比野　宏　アジア亜細亜 無限回廊
日比野　宏　アジア亜細亜 夢のあとさき
日比野　宏　夢街道アジア
平山壽三郎　明治おんな橋
平山壽三郎　明治ちぎれ雲
火坂雅志　美食探偵
火坂雅志　骨董屋征次郎手控
火坂雅志　骨董屋征次郎京暦
平野啓一郎　高瀬川
平野啓一郎　ドーン
平山　譲　ありがとう
平田俊子　ピアノ・サンド
ひこ・田中　新装版 お引越し
平岩正樹　がんで死ぬのはもったいない
百田尚樹　永遠の0《ゼロ》
百田尚樹　輝く夜
百田尚樹　風の中のマリア
百田尚樹　影法師
百田尚樹　ボックス！(上)(下)

ヒキタクニオ 東京ボイス
ヒキタクニオ カワイイ地獄
平田オリザ 十六歳のオリザの冒険をしるす本
ビッグイシュー 枝元なほみ 世界一あたたかい人生相談
久生十蘭 久生十蘭「従軍日記」
東直子 さようなら窓
東直子 らいほうさんの場所
平敷安常 キャパになれなかったカメラマン(上)(下)〈ベトナム戦争の語り部たち〉
樋口明雄 ミッドナイト・ラン！
平谷美樹 藪の奥〈眠る義経秘宝〉
平谷美樹 居留地同心・凌之介秘帳 小倫敦の幽霊
蛭田亜紗子 人肌ショコラリキュール
藤沢周平 義民が駆ける
藤沢周平 新装版 春秋の檻〈獄医立花登手控え(一)〉
藤沢周平 新装版 風雪の檻〈獄医立花登手控え(二)〉
藤沢周平 新装版 愛憎の檻〈獄医立花登手控え(三)〉
藤沢周平 新装版 人間の檻〈獄医立花登手控え(四)〉
藤沢周平 新装版 闇の歯車
藤沢周平 新装版 市塵(上)(下)

藤沢周平 新装版 決闘の辻
藤沢周平 新装版 雪明かり
古井由吉 野川
福永令三 クレヨン王国の十二か月
船戸与一 山猫の夏
船戸与一 神話の果て
船戸与一 伝説なき地
船戸与一 血と夢
船戸与一 蝶舞う館
船戸与一 夜《イエ》来《ライ》香《シャン》海峡
深谷忠記 黙秘
藤田宜永 樹下の想い
藤田宜永 艶《つや》めき
藤田宜永 異端の夏
藤田宜永 流砂
藤田宜永 子宮の記憶〈ここにあなたがいる〉
藤田宜永 乱調
藤田宜永 壁画修復師
藤田宜永 前夜のものがたり

藤田宜永 戦力外通告
藤田宜永 いつかは恋を
藤田宜永 喜の行列 悲の行列(上)(下)
藤田宜永 老猿
藤川桂介 シギラの月
藤水名子 赤壁の宴
藤水名子 紅嵐記(上)(中)(下)
藤原伊織 テロリストのパラソル
藤原伊織 ひまわりの祝祭
藤原伊織 雪が降る
藤原伊織 蚊トンボ白鬚の冒険(上)(下)
藤原伊織 遊戯
藤田紘一郎 笑うカイチュウ
藤田紘一郎 体にいい寄生虫〈ダイエットから花粉症まで〉
藤田紘一郎 踊る腹のムシ〈グルメブームの落とし穴〉
藤田紘一郎 ウッふん
藤田紘一郎 イヌからネコから伝染《うつ》るんです。
藤田紘一郎 医療大崩壊
藤本ひとみ 聖ヨゼフの惨劇

講談社文庫 目録

堀田力 少年魂
星野知子 食べるが勝ち!
北海道新聞取材班 追及・北海道警「裏金」疑惑
北海道新聞取材班 日本警察と裏金〈底なしの腐敗〉
北海道新聞取材班 実録・老舗百貨店凋落〈流通業界再編の光と影〉
北海道新聞取材班 追跡・「夕張」問題〈財政破綻と再起への苦闘〉
堀井憲一郎 『巨人の星』に必要なことはすべて人生から学んだ。あ。逆だ。
堀江敏幸 熊の敷石
堀江敏幸 子午線を求めて
本格ミステリ作家クラブ編 紅い悪夢の夏〈本格短編ベスト・セレクション〉
本格ミステリ作家クラブ編 透明な貴婦人の謎〈本格短編ベスト・セレクション〉
本格ミステリ作家クラブ編 天使と髑髏の密室〈本格短編ベスト・セレクション〉
本格ミステリ作家クラブ編 死神と雷鳴の暗号〈本格短編ベスト・セレクション〉
本格ミステリ作家クラブ編 論理学園事件帳〈本格短編ベスト・セレクション〉
本格ミステリ作家クラブ編 深夜バス78回転の問題〈本格短編ベスト・セレクション〉
本格ミステリ作家クラブ編 大きな棺の小さな鍵〈本格短編ベスト・セレクション〉
本格ミステリ作家クラブ編 珍しい物語のつくり方〈本格短編ベスト・セレクション〉
本格ミステリ作家クラブ編 法廷ジャックの心理学〈本格短編ベスト・セレクション〉
本格ミステリ作家クラブ編 見えない殺人カード〈本格短編ベスト・セレクション〉

本格ミステリ作家クラブ編 空飛ぶモルグ街の研究〈本格短編ベスト・セレクション〉
本格ミステリ作家クラブ編 凍れる女神の秘密〈本格短編ベスト・セレクション〉
星野智幸 毒身
星野智幸 われら猫の子
本田靖春 我、拗ね者として生涯を閉ず(上)(下)
本田透 電波男
本城英明 警察庁広域特捜官 梶山俊介〈広島・尾道「刑事《デカ》殺し」〉
堀田純司 スゴい雑誌〈「業界誌」の底知れない魅力〉
本多孝好 チェーン・ポイズン
穂村弘 整形前夜
堀川アサコ 幻想郵便局
堀川アサコ 幻想映画館
堀川アサコ 幻想日記店
松本清張 草の陰刻
松本清張 黄色い風土
松本清張 黒い樹海
松本清張 連環
松本清張 花氷
松本清張 遠くからの声

松本清張 ガラスの城
松本清張 殺人行おくのほそ道(上)(下)
松本清張 塗られた本
松本清張 熱い絹(上)(下)
松本清張 邪馬台国 清張通史①
松本清張 空白の世紀 清張通史②
松本清張 カミと青銅の迷路 清張通史③
松本清張 天皇と豪族 清張通史④
松本清張 壬申の乱 清張通史⑤
松本清張 古代の終焉 清張通史⑥
松本清張 新装版 大奥婦女記
松本清張 新装版 増上寺刃傷
松本清張 新装版 彩色江戸切絵図
松本清張 新装版 紅刷り江戸噂
松本清張他 日本史七つの謎
松谷みよ子 ちいさいモモちゃん
松谷みよ子 モモちゃんとアカネちゃん
松谷みよ子 アカネちゃんの涙の海
眉村卓 ねらわれた学園

牧　秀彦　美《び》剣《けん》〈五坪道場一手指南〉
牧　秀彦　無《む》我《が》〈五坪道場一手指南〉
真梨幸子　孤《こ》虫《ちゅう》症《しょう》
真梨幸子　深く深く、砂に埋めて
真梨幸子　女ともだち
真梨幸子　クロク、ヌレ！
まきの・えり　ラブファイト〈聖母少女〉(上)(下)
牧野　修　黒娘　アウトサイダー・フィメール
毎日新聞夕刊編集部　女はトイレで何をしているのか？〈現代ニッポン人の生態学〉
前田司郎　愛でもない青春でもない旅立たない
間庭典子　走れば人生見えてくる
松本裕士　兄〈追憶のhide〉弟
枡野浩一　結婚失格
円居　挽　丸太町ルヴォワール
円居　挽　烏丸ルヴォワール
松宮　宏　秘剣こいわらい
松宮　宏　くすぶり亦《また》蔵《ぞう》〈秘剣こいわらい〉
丸山天寿　琅《ろう》邪《や》の鬼
丸山天寿　琅《ろう》邪《や》の虎

町山智浩　アメリカ格差ウォーズ　99％対1％
三好　徹　政・財　腐蝕の100年
三好　徹　政・財　腐蝕の100年　大正編
三浦哲郎　曠野の妻
三浦綾子　ひつじが丘
三浦綾子　岩に立つ
三浦綾子　青い棘《とげ》
三浦綾子　イエス・キリストの生涯
三浦綾子　あのポプラの上が空
三浦綾子　小さな一歩から
三浦綾子　増補決定版　言葉の花束〈愛といのちの792章〉
三浦綾子　愛すること信ずること
三浦光世
三浦綾子　愛に遠くあれど〈夫と妻の対話〉
三浦明博　死《し》水《すい》
三浦明博　サーカス市場
三浦明博　感染広告
宮尾登美子　東福門院和子《まさこ》の涙
宮尾登美子　新装版天璋院篤姫(上)(下)
宮尾登美子　新装版　一絃の琴

皆川博子　冬の旅人(上)(下)
宮崎康平　新装版　まぼろしの邪馬台国　第1部・第2部
宮本　輝　朝の歓び(上)(下)
宮本　輝　ひとたびはポプラに臥す1～6
宮本　輝　骸骨ビルの庭(上)(下)
宮本　輝　新装版二十歳《はたち》の火影《ほかげ》
宮本　輝　新装版命の器
宮本　輝　新装版　避暑地の猫
宮本　輝　新装版　ここに地終わり　海始まる(上)(下)
宮本　輝　新装版　花の降る午後(上)(下)
宮本　輝　新装版　オレンジの壺(上)(下)
宮本　輝　にぎやかな天地(上)(下)
峰　隆一郎　寝台特急「さくら」死者の罠
宮城谷昌光　俠骨記
宮城谷昌光　夏姫春秋(上)(下)
宮城谷昌光　花の歳月
宮城谷昌光　重《ちょう》耳《じ》(全三冊)
宮城谷昌光　春秋の色
宮城谷昌光　介《かい》子《し》推《すい》

講談社文庫　目録

宮下英樹と「センゴク」取材班　センゴク武将列伝
三輪太郎　あなたの正しさと、ぼくのセツナさ
三輪太郎　死という鏡〈この30年の日本文芸を読む〉
汀《みぎわ》こるもの　パラダイス・クローズド〈THANATOS〉
汀《みぎわ》こるもの　まごころを、君に〈THANATOS〉
汀《みぎわ》こるもの　フォークの先、希望の後〈THANATOS〉
宮田珠己　ふしぎ盆栽ホンノンボ
道尾秀介　カラスの親指〈by rule of CROW's thumb〉
深木《みき》章子《あきこ》　鬼畜の家
村上龍　海の向こうで戦争が始まる
村上龍　アメリカン★ドリーム
村上龍　ポップアートのある部屋
村上龍　走れ！タカハシ
村上龍　愛と幻想のファシズム(上)(下)
村上龍　村上龍全エッセイ〈1976～1981〉
村上龍　村上龍全エッセイ〈1982～1986〉
村上龍　村上龍全エッセイ〈1987～1991〉
村上龍　超電導ナイトクラブ
村上龍　イビサ

村上龍　長崎オランダ村
村上龍　フィジーの小人
村上龍　368Y Par4 第2打
村上龍　音楽の海岸
村上龍　村上龍料理小説集
村上龍　村上龍映画小説集
村上龍　ストレンジ・デイズ
村上龍　共生虫
村上龍　新装版 限りなく透明に近いブルー
村上龍　新装版 コインロッカー・ベイビーズ
村上龍　歌うクジラ(上)(下)
村上龍／坂本龍一　EV. Café——超進化論
向田邦子　眠る盃
向田邦子　夜中の薔薇
村上春樹　風の歌を聴け
村上春樹　1973年のピンボール
村上春樹　羊をめぐる冒険(上)(下)
村上春樹　カンガルー日和
村上春樹　回転木馬のデッド・ヒート

村上春樹　ノルウェイの森(上)(下)
村上春樹　ダンス・ダンス・ダンス(上)(下)
村上春樹　遠い太鼓
村上春樹　国境の南、太陽の西
村上春樹　やがて哀しき外国語
村上春樹　アンダーグラウンド
村上春樹　スプートニクの恋人
村上春樹　アフターダーク
村上春樹／佐々木マキ絵　羊男のクリスマス
村上春樹／佐々木マキ絵　ふしぎな図書館
村上春樹／糸井重里　夢で会いましょう
村上春樹・文／安西水丸・絵　ふわふわ
U・K・ル＝グウィン／村上春樹訳　空飛び猫
U・K・ル＝グウィン／村上春樹訳　帰ってきた空飛び猫
U・K・ル＝グウィン／村上春樹訳　素晴らしいアレキサンダーと、空飛び猫たち
U・K・ル＝グウィン／村上春樹訳　空を駆けるジェーン
T・ファリッシュ著／B・ルート絵／村上春樹訳　ポテト・スープが大好きな猫
群ようこ　濃い人々〈いとしの作中人物たち〉
群ようこ　いいわけ劇場

講談社文庫　目録

群　ようこ　浮世道場
群　ようこ　馬琴の嫁
室井佑月　Piss《ピス》
室井佑月　子作り爆裂伝
室井佑月　ママの神様
室井佑月／丸山あかね　プチ美人の悲劇
村山由佳　すべての雲は銀の…(上)(下)
村山由佳　永遠。
室井　滋　ふぐママ
室井　滋　心ひだひだ
室井　滋　うまうまノート
室井　滋　気になり飯《めし》〈うまうまノート②〉
村野　薫　死刑はこうして執行される
睦月影郎　義姉《あね》〈武芸者　冴木澄香〉
睦月影郎　有《う》情《じょう》〈武芸者　冴木澄香〉
睦月影郎　忍《しのび》萌《もえ》
睦月影郎　変《かわり》萌《もえ》
睦月影郎　卍《まんじ》萌《もえ》
睦月影郎　甘《あま》蜜《みつ》三《ざん》昧《まい》

睦月影郎　平成好色一代男　独身娘の部屋
睦月影郎　平成好色一代男　清純コンパニオンの好奇心
睦月影郎　平成好色一代男　和装セレブ妻の香り
睦月影郎　新・平成好色一代男　秘伝の書
睦月影郎　新・平成好色一代男　元部下のOL
睦月影郎　新・平成好色一代男　隣人と。女子アナと。
睦月影郎　帰ってきた平成好色一代男　一の巻
睦月影郎　武家娘〈明暦江戸隠密控〉
睦月影郎　Gのカンバス
睦月影郎　密通妻
睦月影郎　姫《ひめ》遊《なそび》
睦月影郎　肌《はだ》褥《しとね》
睦月影郎　影《かげ》舞《まい》
向井万起男　渡る世間は「数字」だらけ
向井万起男　謎の1セント硬貨〈真実は細部に宿る in USA〉
村田沙耶香　授乳
村田沙耶香　マウス
村田沙耶香　星が吸う水
森村誠一　暗黒流砂

森村誠一　殺人の花客
森村誠一　ホームアウェイ
森村誠一　殺人のスポットライト
森村誠一　殺人プロムナード
森村誠一　流星の降る町〈『星の町』改題〉
森村誠一　完全犯罪のエチュード
森村誠一　影の祭り
森村誠一　殺意の接点
森村誠一　レジャーランド殺人事件
森村誠一　殺意の逆流
森村誠一　情熱の断罪
森村誠一　残酷な視界
森村誠一　肉食の食客
森村誠一　死を描く影絵
森村誠一　エネミイ
森村誠一　深海の迷路
森村誠一　マーダー・リング
森村誠一　刺客の花道
森村誠一　殺意の造型

2014年6月15日現在